铁路边的孩子们

［英］伊迪丝·内斯比特　著

许杨　译

作家出版社

图书在版编目（CIP）数据

铁路边的孩子们 /（英）内斯比特著；许杨译.
-- 北京：作家出版社，2015.11（2018.3重印）
（小书虫读经典）
ISBN 978-7-5063-8265-6

Ⅰ.①铁… Ⅱ.①内… ②许… Ⅲ.①儿童文学—长篇小说—英国—现代 Ⅳ.①I561.84

中国版本图书馆CIP数据核字（2015）第212091号

铁路边的孩子们

作　　者：〔英〕伊迪丝·内斯比特
译　　者：许　杨
责任编辑：王　炘
装帧设计：高高国际
出版发行：作家出版社
社　　址：北京农展馆南里10号　　　邮　　编：100125
电话传真：86-10-65930756（出版发行部）
　　　　　86-10-65004079（总编室）
　　　　　86-10-65015116（邮购部）
E-mail:zuojia@zuojia.net.cn
http://www.haozuojia.com（作家在线）
印　　刷：北京柯蓝博泰印务有限公司
成品尺寸：148×210
字　　数：151千
印　　张：9
版　　次：2015年11月第1版
印　　次：2018年3月第5次印刷
ISBN 978-7-5063-8265-6
定　　价：26.80元

作家版图书，版权所有，侵权必究。
作家版图书，印装错误可随时退换。

苦难、挣扎和分离一去不复返了。

——伊迪丝·内斯比特

❧— 名家寄语 —➤

我们也许逃不过这样的荒诞：阅读极其泛滥又极其荒凉，文化极其壅塞又极其贫乏。这里倒有一条安静的自救小路：趁年轻，放松心情读一点经过选择的经典。

——余秋雨

多出优良书，让中国的童年阅读更优良。

——梅子涵

❧— 名家谈阅读 —➤

孔 子 学而不思则罔，思而不学则殆。

莎士比亚 书籍是人类知识的总结。书籍是全世界的营养品。

培 根 读书使人充实，讨论使人机智，笔记使人准确，读史使人明智，读诗使人灵秀，数学使人周密，科学使人深刻，伦理使人庄重，逻辑修辞使人善辩。凡有所学，皆成性格。

歌 德 读一本好书，就是和许多高尚的人谈话。

作家版
经典文库

普希金　读书是最好的学习。追随伟大人物的思想，是最富有趣味的一门科学。

高尔基　我读书越多，书籍就使我和世界越接近，生活对我也变得越加光明和有意义。

鲁　迅　读书无嗜好，就能尽其多。不先泛览群书，则会无所适从或失之偏好，广然后深，博然后专。

季羡林　书是事关人类智慧传承的大事。读书不是"天下第一好事"又是什么呢？

王　蒙　读书是一种风度，读书要趁早，要超前读书，多读经典。

于　丹　生活就是一锅滚开的水，它一直都在煎熬你，问题是你自己以什么样的质地去接受煎熬，最终会看到不同的结果。读书就是干这个的，就是滋养自己。

贾樟柯　我们心灵敏感之程度，或洞悉人情世故的经验，很多都来自阅读。

杨　澜　读书可以增加一个人的底气，也许读过的东西有一天会全部忘掉，但正是这个忘掉的过程，塑造了一个人的知识结构和举止修养。

◀— 著名翻译家 简介 —▶

吴钧陶 中国作家协会会员，上海翻译家协会理事，曾为上海太平洋出版公司编辑，人民文学出版社上海分社及上海译文出版社编审。

白 马 中国作家协会会员，浙江大学传媒与国际文化学院副教授、国际文化学系副主任，著名翻译家。

张友松 著名翻译家，在鲁迅的推荐下曾任上海北新书局编辑，新中国成立后任《中国建设》编辑。张友松先生是马克·吐温中文译本第一人。

宋兆霖 著名翻译家，中国作家协会会员，迄今已出版文学译著五十多种，2000余万字，译著曾多次获奖。

刘月樵 中国翻译协会表彰"资深翻译家"，中国意大利文学研究会理事，中国国际广播电台意大利语部译审，著名翻译家。

黄 荭 巴黎第三大学-新索邦文学博士，南京大学法语系教授，博士生导师，著名翻译家。

晏 榕 著名翻译家，文学博士，教育部人文社科基金项目主持人，主要从事东西方诗学及文化理论研究。

作家版
经典文库

李自修 山东师范大学外国语学院教授，毕业于北京
大学西语系，曾任教美国旧金山州立大学。

傅　霞 上海外国语大学博士，浙江理工大学外国语
学院副教授，著名翻译家。

管筱明 湖南省作家协会会员，中南出版传媒集团资
深编审，翻译著述颇丰，尤以法语为主。

黄水乞 厦门大学国贸系教授，著名翻译家。

姜希颖 浙江大学英语语言文学硕士，浙江外国语学
院英语教师，主要从事美国文学、美国现代
主义诗歌研究。

王晋华 英美文学硕士，中北大学外语系教授、硕士
生导师，英美文学研究与译著多部。

王义国 翻译家，教授，英美文学研究和译著多部。

杨海英 浙江省作家协会会员，北京大学硕士，主要
从事新闻工作和文学翻译。

姚锦镕 著名翻译家，任教于浙江大学，主要从事
英、俄语文学翻译工作，译著颇丰。

张炽恒 外国文学译者，上海翻译家协会会员。

周　露 外国文学译者，俄罗斯语言文学硕士，浙江
大学外语学院俄语副教授。

种好处女地

——"小书虫读经典"总序

梅子涵

儿童并不知道什么叫经典。在很多儿童的阅读眼睛里,你口口声声说的经典也许还没有路边黑黑的店里买的那些下烂的漫画好看。现在多少儿童的书包里都是那下烂漫画,还有那些迅速瞎编出来的故事。那些迅速瞎编的人都在当富豪了,他们招摇过市、继续瞎编、继续下烂,扩大着自己的富豪王国。很多人都担心呢!我也担心。我们都担心什么呢?我们担心,这是不是会使得我们的很多孩子成为一个个阅读的小瘪三?什么叫瘪三,大概的解释就是:口袋里瘪瘪的,一分钱也没有,衣服破烂,脸上有污垢,在马路上荡来荡去。那么什么叫阅读瘪三呢?大概的解释就是:没有读到过什么好的文学,你让他讲个故事给你听听,他一开口就很认真地讲了一个下烂,他讲的时候还兴奋地笑个不停，脸上也有光彩。可是你仔细看看，那个光彩不是金黄的，不是碧绿的，不是鲜红的。那么那是什么的呢？你去看看那是什么的吧，仔细地看看，我不描述了，总之我也描述不好。

所以我们要想办法。很多很多年来，人类一直在想办法，让儿童们阅读到他们应该阅读的书，阅读那些可以给他们的记忆留下美丽印象、久远温暖、善良智慧、生命道理的书。那些等他们长大以后，留恋地想到、说起，而且同时心里和神情都很体面的书。是的，体面，这个词很要紧。它不是指涂脂抹粉再出门，当然，需要的脂粉也应该；它不是指穿着昂价衣服上街、会客，当然，买得起昂价也不错，买不起，那就穿得合身、干干净净。我现在说的体面是指另一种体面。哪一种呢？我想也不用我来解释吧，也许你的解释会比我的更恰当。

生命的童年是无比美妙的，也是必须栽培的。如果不把"经典"往这美妙里栽培，这美妙的童年长着长着就弯弯曲曲、怪里怪气了。这个世界实在是不应当有许多怪里怪气、内心可恶的成年人的。这个世界所有的让生命活得危险、活得可怜、活得很多条道路都不通罗马的原因，几乎都可以从这些坏人的脚印、手印，乃至屁股印里找到证据。让他们全部死去、不再降生的根本方法究竟是什么，我们目前无法说得清楚，可是我们肯定应该相信，种好"处女地"，把真正的良种栽入童年这块干净土地，是幼小生命可以长好、并且可以优质成长的一个关键、大前提，一个每个大人都可以试一试的好处方，甚至是一个经典处方。否则人类这么多年来四面八方的国家都喊着"经典阅读"简直就是瞎喊了。你觉得这会是瞎喊吗？我觉得不会！当然不会！

我在丹麦的时候，曾经在安徒生的铜像前站过。他为儿童写过最好的故事，但是他没有成为富豪。铜像的头转向左前方，安徒生的目光童话般软和、缥缈，那时他当然不会是在想怎么成为一个富豪！陪同的人说，因为左前方是那时人类的第一个儿童乐园，安徒生的眼睛是看着那个乐园里的孩子们。他是看着那处女地。他是不是在想，他写的那些美好、善良的诗和故事究竟能栽种出些什么呢？他好像能肯定，又不能完全确定。但是他对自己说，我还是要继续栽种，因为我是一个种处女地的人！

安徒生铜像软和、缥缈的目光也是哥本哈根大街上的一个童话。

我是一个种处女地的人。所有的为孩子们出版他们最应该阅读的书的人也都是种处女地的人。我们每个人都应当好好种，孩子们也应当好好读。真正的富豪，不是那些瞎编、瞎出下烂书籍的人，而应当是好孩子，是我们。只不过这里所说的富豪不是指拥有很多钱，而是指生命里的优良、体面、高贵的情怀，是指孩子们长大后，怎么看都是一个像样的人，从里到外充满经典气味！这不是很容易达到。但是，阅读经典长大的人会渴望自己达到。这种渴望，已经很经典了！

作者像

右页｜《铁路边的孩子们》原版封面

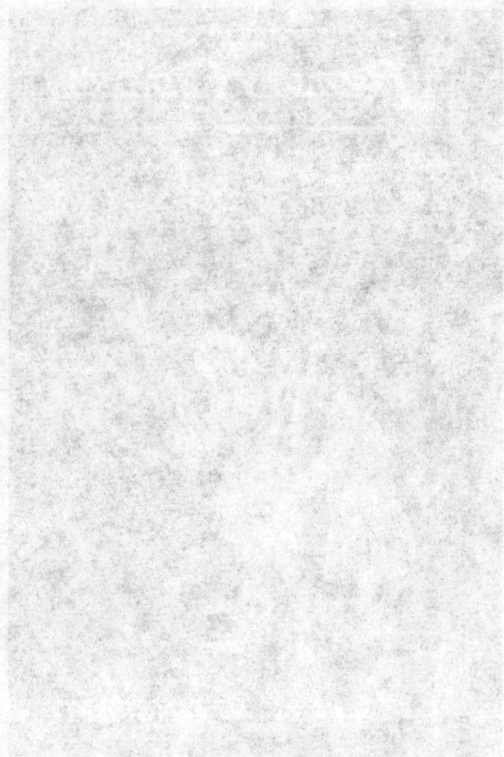

右页 | 《铁路边的孩子们》原版扉页

THE RAILWAY CHILDREN

by E. NESBIT

Author of "Oswald Bastable", "The Treasure-Seekers", etc.

With Drawings
by C.E.BROCK

The Railway Children

目 录

第一章　故事的开始

　　故事开始时他们称不上是铁路边的孩子，除了把铁路作为一种交通方式去马斯基林天文台、哑剧院、动物园和杜莎夫人蜡像馆，估计他们就再也没有什么事和铁路有关了。他们只是住在市郊的普通孩子，和父母亲一起生活在一座普通的红色砖房里。房子的前门装点着彩色玻璃，进门的走廊铺着瓷砖，浴室里安装有冷热水龙头，家里还有电铃和落地玻璃门，墙壁大都是白色涂料漆成的。这座房子正如房地产经纪人所说的"现代化设备一应俱全"。

　　家里有三个孩子，大女儿叫罗伯塔。做妈妈的当然不会偏爱任何一个孩子，但是如果非要做个选择，那她最偏爱的一定是罗伯塔。排行老二的是个儿子，叫彼得，他希望长大后成为一名工程师。最小的是菲利斯，她心地非常善良。

孩子们的妈妈不会去无聊的太太家里串门，也不会等着这些太太们来自家串门。她从不做这些无聊的事，而是随时准备着和他们一起做游戏，给他们念书，辅导他们做家庭作业。除此之外，孩子们上学时，她还经常在家给他们写故事，吃完茶点后把故事读给他们听。在孩子们过生日或是家里发生了别的什么大事，比如给刚刚出生的小猫取名，重新布置玩偶的房子，或是他们患麻疹炎时，她还会写一些有趣的诗。

这三个孩子是幸福的，总是要什么就有什么：漂亮的衣服、温暖的炉火、堆满玩具的可爱儿童卧室，还有贴着"鹅妈妈"壁纸的墙壁。除此之外，他们还有一位善良快乐的保姆和一只名叫詹姆斯的宠物狗。他们的爸爸也是个十全十美的人，从不发脾气，对他们不偏袒，而且随时准备着陪他们玩游戏。即使不能和他们一起玩游戏，至少也会找到合适的理由，并用非常有趣的方式解释给他们听，这样他们就会确信爸爸实在是不能陪他们玩了。

你一定相信他们生活得非常幸福了。他们确实非常幸福，可是却不知道自己有多么的幸福。直到这种美好的生活破灭，他们不得不去面对一种截然不同的生活时，可能才会明白自己先前的生活多美好。

这个可怕的变化来得非常突然。

彼得过十岁生日时，他的生日礼物中有一个的玩具火车头，即使你做梦也不会梦见这么棒的玩具。虽然其他礼物也非常吸引彼得，但还是这个火车头最让彼得着迷。

可它仅仅保持了三天的完好。可能是彼得玩火车头经验不够丰富，也可能是因为菲利斯想多看一下它跑动的美好初衷，或是由于其他原因，突然它"砰"的一声爆炸了。詹姆斯吓坏了，跑出去一整天都没有回来。挪亚方舟的小人全部被炸成了碎片，其他玩具倒是没有损伤，当然除了这个可怜的小火车头和彼得的心。其他人说他为此大哭了一场，但是无论遇到什么悲伤的事情，一个已经十岁的男孩是不会流泪的。他说自己是因为感冒眼睛才红红的。最后他的话居然应验了，不过他并不知道事情真的会变成这样。第二天他不得不在床上待着。当妈妈开始担心他会患上麻疹时，他却突然坐起身说："我讨厌吃粥，讨厌喝大麦茶，讨厌牛奶面包。我想起床好好吃点什么。"

"那你想吃点什么呢?"妈妈问彼得。

"我想要吃鸽子肉饼，"彼得极其渴望地说道，"一个很大的鸽子肉饼，非常大的一个。"

于是妈妈叫厨子给他做了一个很大的鸽肉馅饼。馅饼制作成形，然后又经过烘烤就出炉了。可出炉后，彼得只吃了一点，不过他的病情却有所好转。在馅饼出炉前，妈妈作了一首小诗逗他开心。诗的开头讲述的是一个名叫彼得的男孩，虽然有点不幸但是非常讨人喜欢，接下来的诗句是：

他有个非常珍爱的火车头，

并且对它呵护备至，

如果他在世上有什么愿望，

就是让它保持完好，

一天——朋友们，注意了；

我就要说一件最糟糕的事，

突然一颗螺丝钉出了毛病，

接着玩具火车头就爆炸了！

他满脸忧郁将它捡起，

把它交给了他的妈妈，

即使他心里非常明白，

她不能变出另外一个；

对那些事故中遇难的人，

他并不表示关心，

因为他对火车头的关心，

远远超过了这些。

现在你该明白，

为什么我们的彼得生病了：

他用鸽肉馅饼来安慰自己，

以此消除自己内心的苦恼，

他把自己卷进暖和的毯子，

躺在床上美美地睡了一觉，

决定以此战胜可悲的命运。

如果他的眼睛真的很红，

感冒一定只是他的借口：

如果给他吃鸽子肉馅饼，

你知道他一定不会拒绝。

爸爸离开家已经有三四天了。彼得把希望全部寄托在他的身上，等着他回来修好火车头，因为他的双手十分灵巧，能修好各种东西。对于摇动木马来说，他就像是一名兽医。有次木马坏了，所有的人都认为没有办法修好它，就连木匠也束手无策，大家几乎都要放弃修理把它丢掉时，他却救了它一命；玩具娃娃的摇篮坏掉了，没人能够修好，也是他修好的；他只用一点胶水、一小块木头和一把削笔刀就让挪亚方舟上的所有动物在别针上挺立起来，固定得非常牢靠，几乎完好如初。

彼得并不是个只顾自己的人。直到爸爸吃过晚饭，开始抽雪茄，他也没有开口说这件事。多多顾及他人一直是妈妈所奉行的，但现在在彼得的身上展现出来。而这确实也需要很大的耐心。

最后妈妈开口对爸爸说："亲爱的，如果现在你休息得差不多了，也舒坦了，我们想给你讲述一起可怕的'铁路事故'，而且想听听你的建议。"

"好吧，"爸爸说，"可以开始了。"

于是彼得讲述了这个悲伤的故事，并把火车头爆炸后留下的残骸拿给了爸爸。

"嗯……"当爸爸仔细查看过火车头后，发出了这个声音。

孩子们都屏住了呼吸。

"有希望吗？"彼得战战兢兢地低声说道。

"希望嘛？当然是有的，胜券在握吧。"爸爸高兴地说道，"不过除了有希望外，我们还需要一些焊接的工具，比如焊接剂，还要有一个新的阀门。我们最好等到一个雨天，也就是说周六下午我来修理它，你们所有的人都可以来帮忙。"

"难道女孩子也能帮上忙吗？"彼得满心疑惑地问道。

"当然了，女孩和男孩一样聪明，难道你们忘记了吗！你愿意当一个火车司机吗菲利斯？"

　　"那我的脸不就会脏乎乎的吗？"菲利斯对这并没兴趣，"而且我会把东西弄坏的。"

　　"我愿意，"罗伯塔说，"你认为我长大后可以吗，爸爸？或者当一名加煤工人。"

　　"你的意思就是锅炉工人吗？"爸爸一边翻转火车头一边说，"如果你有这样的愿望，那么等你长大后，我们一定会看到你成为一名女锅炉工的。记得我小时候……"

　　这时前门传来了一阵敲门声。

　　"是谁呀！"爸爸说，"一个英国人的房子就好比是他自己的城堡，不过我倒希望人们能够建起相对独立的别墅，并且有护城河和吊桥。"

　　这时满头红发的客厅女侍者露丝走进来说，有两位男士要见家里的男主人。

　　"我已经把他们带到书房了，先生。"她说。

　　"我想是让我们给教区牧师捐赠奖品呢，要么就是捐赠唱诗班节日基金的。亲爱的，快去快回，这真的很影响我们的兴致，而且孩子们也快该睡觉了。"但看起来爸爸不可能很快回来了。

　　"真希望咱们的房子有护城河和吊桥，"罗伯塔说道，"如果不想有人打扰，就把吊桥收起来，这样就没有人能够进来了。这些人再待下去，爸爸是不是会忘记自己童年的事。"

这期间妈妈给他们讲了一个绿眼睛公主的童话故事，希望快点打发一下时间。但这似乎有点难，因为他们能听到书房里爸爸和客人的声音，他的声音听起来高了许多，而且平时和那些要求捐赠的人说话，口气也不是这样的。

接着书房的铃铛响了，这时他们才松了口气。

"客人要走了，"菲利斯说，"爸爸拉响铃铛要送他们了。"

但没等爸爸把客人送走，露丝却进来了，孩子们觉得她看起来很奇怪。

"夫人，"她说，"先生叫您去书房。他脸色很苍白，我想应该有什么坏消息。您最好做最坏的打算，可能是家里死人了，也许是银行倒闭了，要么就是……"

"好了，露丝，"妈妈轻声说，"你可以出去了。"

于是妈妈去了书房，之后书房的谈话更久了。接着铃铛又响了，露丝找来了马车。孩子们听到脚步声出了书房，下了楼梯，接着马车就走了。这时妈妈回来了，她的脸色和衣领上的蕾丝边一样苍白，眼睛看起来又大又亮，她抿着的嘴唇就像是一条浅红色的线，看起来显然和平常不一样了。

"该睡觉了，"妈妈说，"露丝会照顾你们睡觉的。"

"但你答应我们今晚要晚点睡觉，因为爸爸回来了。"菲利斯说道。

"爸爸因为公事出去了，"妈妈说，"快点，孩子们，快去睡觉吧。"

孩子们和妈妈互相亲吻，道了晚安后离开了。罗伯塔却留下来又给了妈妈一个拥抱，然后悄悄地问："是坏消息吗，妈妈，是吗？是有人死了还是……"

"没有人死，没有，"妈妈说道，而且她似乎要把罗伯塔推开，"亲爱的，今天晚上什么也不能告诉你，宝贝，去睡觉吧。"

于是罗伯塔离开了。

露丝给孩子们洗了头，帮他们脱掉衣服（妈妈通常是亲自做这些事情的）。在她关灯准备离开时，发现彼得在楼梯上等她。

"露丝，发生什么事了？"彼得问道。

"什么都别问我，我不会给你扯谎，"露丝回答道，"你很快就会知道了。"

夜深时，孩子们睡去后，妈妈上楼亲了亲他们。但只有罗伯塔在妈妈亲吻时醒了，她躺在那里没有说一句话。

"如果妈妈不想让我们知道她在哭泣，"当她在黑暗中听到妈妈抽泣的声音，她在心里默默地告诉自己，"我们就肯定不会知道。只能这样了。"

第二天孩子们下来吃早餐时，妈妈已经出去了。

"她去伦敦了。"露丝说完后就撇下他们自己吃早饭。

"肯定发生什么可怕的事情了，"彼得边说边剥开自己的鸡蛋，"露丝昨晚告诉我说咱们很快就会知道了。"

"你问她了？"罗伯塔责问道。

"是呀，我问了！"彼得生气道，"不管妈妈是不是很担心，也许你都能躺下睡觉，但是我不能，所以就问了。"

"那些妈妈没有告诉咱们的事情，我认为咱们不应该问用人。"罗伯塔说道。

"好吧，'假道学'小姐，"彼得说，"现在讲讲你的道吧。"

"我才不是'假道学'小姐呢，"菲利斯说，"但我觉得这次罗伯塔说得很对。"

"是呀，她总是对的。"彼得说道。

"好了，别这样了！"罗伯塔放下吃鸡蛋用的小勺哭着说，"咱们不要再伤害彼此。我确信有什么不幸的事发生了，咱们不能让事情变得更糟！"

"那到底是谁开的好头呀？"

罗伯塔努力克制自己，回答道："我想是我，但是……"

"那不就得了。"彼得扬扬得意地说。不过在去学校之前，彼得拍了拍姐姐的后背，告诉她要振作起来。

孩子们放学回家后，一点钟开始吃午饭时，妈妈没回来。到了吃茶点时，妈妈仍没有回来。

妈妈几乎晚上七点才到家，看起来疲惫无力，一下子瘫倒在扶手椅上，孩子们都觉得还是什么都不要问妈妈比较好。菲利斯赶紧帮妈妈取下帽子上的长别针，罗伯塔则替妈妈褪去手套，彼得给妈妈松开鞋子，拿来柔软的天鹅绒拖鞋给妈妈换上。

妈妈喝了杯茶水后，罗伯塔又在妈妈的头上喷了点香水，因为她的头有点疼。接着妈妈说："好了宝贝们，现在我想给你们说些事情。昨晚来的两个客人确实给咱们带来了一些坏消息，因此爸爸要离开咱们一段时间。我现在非常担心这件事，所以你们一定要做我的好帮手，不能让事情更糟糕。"

"我们一定尽最大的努力！"罗伯塔说着，握住妈妈的手贴在了自己的脸颊上。

"你们能帮我的很多，"妈妈说，"比如你们要好好的，快快乐乐的，我不在家的时候你们不能吵架，"这时罗伯塔和彼得非常愧疚地看了看彼此，"因为一些事，我不得不离开你们一段时间。"

"我们不会吵架的，我们保证。"大家都赶紧答应妈妈，而且心想一定会做到。

"那好，"妈妈接着说，"我不希望你们在这件事上问我任何问题，而且也不要问其他人。"

彼得这时候有点不好意思，把自己的长筒靴在地毯上蹭来蹭去。

"你们也会答应这个请求对吧？"妈妈说道。

"不过我问过露丝了，"彼得突然开口道，"很抱歉妈妈，我确实问她了。"

"那她是怎么说的呢？"

"她说我很快就会知道了。"

"但这件事你们没必要知道，"妈妈说道，"这是公事，你们是不会懂的，不是吗？"

"是的，妈妈，我们不懂，"罗伯塔说，"这事和政府有关吧？"因为他们的爸爸在政府办公室工作。

"是的，"妈妈说，"好了，宝贝们，该睡觉了。你们都不要担心，事情总会过去的。"

"妈妈，你也不要担心，"彼得说，"我们会很乖的。"

妈妈轻轻叹了一口气，然后亲吻了他们。

"从明天早上起，第一件事就是要做乖孩子。"彼得说着，他们就上楼去了。

"那为什么不从现在开始呢？"罗伯塔说。

"现在没什么事需要我们乖呀，傻瓜。"彼得说。

"咱们可以开始努力找些事让自己乖，"菲利斯说，"还有不要骂人。"

"谁骂人了？"彼得说，"罗伯塔很清楚我说'傻瓜'时，就是在说她呀。"

"好了！"罗伯塔说。

"不，你不懂我的意思。我的意思就是——爸爸把它叫作什么来着——是一个爱称！那么晚安了。"

女孩们把自己的衣服叠得比平常更加整齐——这是她们能够想到的唯一可以让自己乖的方法。

"我说，"菲利斯一边铺展自己的围裙一边说，"你说过咱们的生活太乏味，书本上的事根本不会发生，但现在可好了。"

"可我从来不想发生什么事让妈妈不开心呀，"罗伯塔说，"现在一切事情都非常可怕。"

这样可怕的事情又持续了几周。

妈妈几乎每天都在外面。厨子的帮手被辞退后，饭菜越来越不卫生，样数也越来越少。艾玛姨妈来到他们家里小住，她比妈妈年长很多，马上要出国去当老师，现在正忙着准备衣服。这些衣服的样式不够好，颜色也过于暗淡，还堆得到处都是。缝纫机每天不停转动，几乎很晚才消停下来。她认为小孩儿应该老老实实地待在自己该待的地方。但孩子们不是很赞同，而且他们觉得艾玛姨妈所说的地方就是随便一个什么地方，只要不在她的身边就好，所以很少去看艾玛姨妈。他们更愿意和用人们一起玩耍，因为这样会很有趣。厨子心情不错时，会给他们唱滑稽的歌曲；女佣不生他们的气时，会模仿母鸡下蛋、猫咪打架和开香槟酒的声音来逗乐。用人们从没告诉三个孩子到底那天的两个客人给爸爸带来了什么坏消息，不过却一直在暗示：只要他们想说就能说出很多——这可真让人难受。

一天彼得在浴室的门上搞了点恶作剧，正好露丝经过时撞了个头彩。她揪着彼得就给了一耳光。

"我明着告诉你们，你们就要完蛋了，"她非常气愤地说，"如果再不改好，你们这些坏东西就该去你们宝贝老子那里了！"

罗伯塔把这件事告诉了妈妈，第二天妈妈就把她辞退了。

妈妈回到家后，就去睡觉了，在床上一躺就是两天，接着医生来了。孩子们在屋子里可怜地慢慢踱步，他们心想是不是世界末日就要来了。

　　一天早上，妈妈从楼上下来吃早饭，脸色非常苍白，还多了些皱纹，以前她的脸上可没有呢。她竭力微笑，使自己和往常一样，然后说："宝贝们，现在一切都安排好了。咱们马上就要离开这里，去乡下生活了。那里有一个可爱漂亮的白色小房子。我想你们一定会非常喜欢的。"

　　接下来是忙碌的一周，那就是打包行李，当然不像去海边游玩那样只带衣物，他们还给桌椅收拾了一番，上面罩着袋子，下面的腿还用麦秆裹了一圈。

　　去海边玩耍时不带的东西也都被打包了，什么餐具、篮子、烛台、地毯、床架、炖锅，甚至还带上了炉围和熨斗。

　　家里就像是个家具库。我想孩子们一定都非常高兴。妈妈也忙前忙后的，但还是能腾出时间和他们聊天，给他们读书，甚至在菲利斯摔倒在地，手被握着的螺丝刀扎破时，妈妈还编了小诗逗她开心。

　　"妈妈，这也要打包吗？"罗伯塔一边指着镶嵌有红色龟壳和黄铜饰品的柜子一边问道。

　　"咱们不能带走所有东西。"妈妈说。

　　"但咱们带走的看起来都很丑。"罗伯塔说。

　　"这些都是有用的东西，"妈妈说道，"乖宝宝们，咱们要去玩一下做穷人的游戏。"

　　当所有这些丑东西都被打包后，就被一个穿着绿色粗呢围裙的男人用货车载走了。两个女儿和妈妈，还有艾玛姨妈睡在两个空房间里，他们的床也被载走了。当然之前这些房间里都摆放着漂亮的家具，可现在只剩下画室里的一张沙发给彼得当床了。

　　"我说，这真是令人高兴，"当妈妈给他掖被子时，他快乐地扭了扭身子说道，"我真喜欢搬家！但愿能一个月搬一次。"

　　妈妈笑了。

　　"我可不愿意呀！"她说，"晚安，彼得。"

　　当妈妈翻身时，罗伯塔看到了妈妈脸上的表情。她永远都不会忘记的。

　　"哦，妈妈，"罗伯塔上床后在心里默默地说，"你真勇敢！我真的很爱你！即使心里那么苦，还能坚强地笑着和我们说话！"

　　第二天，箱子一个接一个都被装满了。快到傍晚时，一辆马车来接他们去火车站。

　　艾玛姨妈为他们送行，但他们却觉得像是他们在为她送行，为此感到很高兴。

"她马上要去教那些可怜的外国孩子了！"菲利斯悄悄地说，"我可不愿意变成他们那样。"

开始他们还兴致勃勃地看着窗户外，但是当天色慢慢暗下来时，睡得就越来越沉了。他们并不知道坐了多久的火车，直到妈妈轻轻地把他们晃醒，然后说："起来吧，孩子们，咱们快到了。"

下车后，他们突然感到一阵忧郁和悲凉。卸行李时，站在四面透风的站台上他们不断地瑟瑟发抖。接着火车头开始喷气，鸣笛，启动，拖着后面的车厢再次前进。孩子们看着火车警卫车厢的尾灯被黑夜慢慢地吞噬了。

这是他们在这条铁路上看到的第一辆火车，而这条铁路也会在不久之后成为他们最熟悉的伙伴。他们并不知道怎么会爱上这条铁路，它为什么会成为他们新生活的焦点，或者说它会带来什么样的奇迹和改变。而他们现在只能颤抖着打喷嚏，期盼着到新家的路途不要太远。彼得的鼻尖比他所记得的任何时候都冷得多。罗伯塔的帽子也变了形，松紧带似乎比平常紧些。菲利斯的鞋带也开了。

"快点，"妈妈说，"咱们要步行前进了，这里没有马车。"

路上一片漆黑，而且很泥泞。孩子们在坑坑洼洼的路上都想摔跤。有一次，菲利斯一个不小心就摔倒在了泥坑中，她浑身湿漉漉的，心里非常郁闷。这里没有路灯，还是上坡路。装行李的车也在缓慢前行，他们跟在吱吱作响的车轮后面，慢慢地习惯了这样的漆黑，还可以模糊地看到堆摞的箱子在他们前面摇摇晃晃。

路上有一个很宽的栅门，必须打开，车才能通过。过了这个栅门，路像是穿过了田野——现在开始下山了。不一会儿，路右边出现了一个庞然大物。

"到家了，"妈妈说，"我想知道她为什么拉上百叶窗。"

"她是谁呀？"罗伯塔问道。

"我雇来打扫房子的人，让她摆好家具，准备一下晚饭。"

这个房子的围墙很低，里面有三棵树。

"这是花园。"妈妈说。

"它看起来更像是一盘黑色卷心菜。"彼得说。

货车沿着花园的围墙继续前进，然后绕到了房子后面，走过铺满鹅卵石的后院，在后门停下了。

没有一个窗户透出灯光。

大家轮番敲了敲门，但没有人应声。

赶货车的那个人说维尼夫人可能已经回家了。

"你也知道你们来得太晚了。"他说。

"但她拿着房子的钥匙，"妈妈说，"我们该怎么办呀？"

"那她肯定把钥匙留在门阶下了，"他说，"这儿的人都这样。"他从车上取下了灯笼，然后弯腰去拿钥匙。

"哦，看，在这儿，果然是这样呀。"他说。

他打开门，进了屋子，把灯笼放在了桌子上。

"有蜡烛吗？"他说。

"我对这里的一切都不熟悉。"妈妈这时的话音听起来比平常沮丧多了。

他点燃一根火柴，看到有一支蜡烛就在桌上，然后将蜡烛点燃。透过微弱的火光，孩子们看到了一个空荡荡的大厨房，石头地面，没有窗帘也没有炉毯，从家里搬来的餐桌立在正中央。椅子都摆放在一个拐角，而水壶、平底锅、扫帚和餐具则在另一个拐角。没有炉火，黑黑的壁炉里一堆烧尽的死灰让人不禁感到浑身冷飕飕的。

赶车的人卸了箱子后转身就要离开。这时好像从房子的墙壁里传来一阵搔扒东西的沙沙声响。

"啊，是什么呀？"女孩们哭着说。

"老鼠而已。"赶车的人说着把门关上，就离开了。这时一阵风把蜡烛给吹灭了。

　　"哦，老天，"菲利斯说，"真希望咱们没有来过这儿！"说着碰翻了一把椅子。

　　"只是老鼠而已！"彼得在这一片漆黑中说道。

第二章　彼得的煤矿

"这可一点也不好笑！"漆黑中妈妈一边摸索着桌子上的火柴，一边说，"多么可怜的小老鼠呀，被咱们给吓坏了——我可不相信它们是大老鼠。"

接着妈妈划着了一根火柴，重新点燃了蜡烛，他们在闪闪的烛光中，你看看我，我看看你。

"好了，"妈妈说，"你们总是希望发生一些事，现在遂了你们的愿了吧。这可算是一次冒险了！我告诉维尼夫人晚餐给咱们准备些面包、黄油和肉之类的，她一定把这些好吃的摆放在餐厅了，咱们快去看看吧。"

厨房直通餐厅。但它似乎比厨房还要黑，他们手拿一支蜡烛并不足以照明。因为厨房是白色涂料粉刷的，而餐厅从地板到天花板都镶着黑色的木头，就连横梁也是。餐厅里面堆放着乱糟糟的家具，还布满了灰尘——这些家具是从原来的家里搬过来的。他们觉得离开它已经很久了，而且似乎和它隔着千山万水。

没错，这儿有桌子，有椅子，可是没有晚饭呀。

"咱们再看看其他的房间吧。"妈妈说，接着他们又看了看其他的房间，不过每个房间都一样，家具没有摆放好，熨斗、餐具和各种东西扔得到处都是，什么吃的也没有，就连食品柜里也只有一个生了锈的饼干罐和一个破盘子，里面装着一些白面粉。

"真是个可恶的老太太！"妈妈说，"她一拿到钱就走了，没给咱们准备一点吃的。"

"那咱们晚饭不就没吃的了？"菲利斯一边非常沮丧地问着妈妈，一边向后退，却把放肥皂的盘子"啪"的一声踩碎了。

"哦，对了，"妈妈说，"只要去地窖打开咱们放在那里的一个大箱子就有吃的了。菲利斯，你小心脚底下呀，这样才乖。彼得，你来拿蜡烛。"

地窖的门直通厨房，有五阶木梯子。孩子们并不认为这是地窖，因为它的天花板居然和厨房的一样高，下面还挂着一个熏肉架，里面堆着木头、煤，还有那几个大箱子。

彼得举着蜡烛，大家都靠一边站着，妈妈想打开其中的一个大箱子，但是箱子钉得很牢。

"锤子在哪儿？"彼得问道。

"对了，"妈妈说，"我想可能在箱子里。不过这儿有煤铲——那儿还有拨火棍呢。"

她想用这些工具把箱子撬开。

"让我来吧。"彼得说，他认为自己能够比妈妈做得好。其实每个人在看到别人生炉子、撬箱子或者解绳结时，都会这么想。

"你会把手弄破的妈妈，"罗伯塔说道，"还是让我来吧。"

"真希望爸爸在这儿，"菲利斯说道，"他肯定轻轻晃荡两下子就好了。你踢我干什么呀，罗伯塔？"

"我哪儿有呀。"罗伯塔说。

就在这时，第一根长长的钉子伴着嘎吱嘎吱的响声从箱子里慢慢钻出来。接着箱子的一根板条翘了起来，随后另一根也翘了起来，直到楔着长钉的四根板条全部被妈妈撬开。长钉在闪闪的烛光里，看起来简直就像是铁牙。

"太棒了！"妈妈欢呼道，"这儿有些蜡烛，第一件事，女孩们，你们赶紧把这些蜡烛点亮，找点碟子什么的。然后把蜡油滴在碟子里，将蜡烛竖着固定好。"

"我们要点几支蜡烛呢？"

"和平常一样，想点几支点几支吧，"妈妈高兴地说道，"最重要的是咱们要高兴快乐，晚上除了猫头鹰和榛睡鼠，没有人能高兴快乐。"

说着女孩们就立即点上了蜡烛，但是第一根火柴头飞了出去，黏在了菲利斯的手指上；不过就像罗伯塔说的那样，这只是微不足道的烧伤。如果生活在古罗马时代，她作为殉道者就要被活活烧死，那时这种做法可是非常流行的。

这时餐厅里已经点亮了十四支蜡烛，罗伯塔又拿来了煤块和木头点燃了炉子。

"五月份这么冷呀。"罗伯塔说，这话让人觉得她像个小大人。

烛光和火光让餐厅看起来和刚才截然不同了。因为这时可以看到墙上镶着的黑木头上到处雕刻着小小的花环和花束。

女孩们迅速地开始收拾房间，说是收拾房间，也就是把椅子靠墙摆放好，把零碎的东西堆放在墙角，然后把爸爸饭后常坐的大皮靠椅放在前面遮住。

"太好了！"妈妈端着满满一盘吃的进来时高兴地说，"已经非常像原来的餐厅了，我现在去拿块桌布铺上，就完美如初了。"

桌布放在一个带锁的箱子里，这次用钥匙就打开了，不需要再用煤铲了。桌布一铺到餐桌上，一顿丰盛的晚餐就摆开了。

虽然大家都非常累，但是看到这么一顿有趣又喜人的晚餐，顿时都高兴起来。晚餐有各式各样的饼干、沙丁鱼、糖姜、蜜饯葡萄干、蜜饯果皮和果酱。

"艾玛姨妈可真好，把食品柜里的东西都打包装来了，"妈妈说，"哎呀，菲利斯，不要把果酱勺子放在沙丁鱼里。"

"知道了妈妈，我不放。"菲利斯说着，把勺子放在了玛丽饼上。

"现在让我们为艾玛姨妈的健康干杯，"罗伯塔突然说道，"如果她没有给咱们装这些吃的，咱们可怎么办呢？所以敬艾玛姨妈！"

他们喝的是掺了水的姜汁酒，因为没有找到酒杯，所以用柳树花纹的茶杯代替了。

孩子们都觉得对艾玛姨妈不够好。虽然她不像妈妈那样温柔，但想到了给他们带上各种食物。

就连所有的床单也是艾玛姨妈熨烫的。搬运行李的人把床架都放在了一起，所以床很快就被搭起来了。

"宝贝们，晚安，"妈妈说，"我保证没有老鼠。不过我会把我的房间门敞开， 如果真的有老鼠，你们只要叫一声，我就会来收拾它们的。"

妈妈说着就进了自己的房间。罗伯塔没有睡，听到小旅行钟敲了两下，她总觉得这声音像是远处教堂传来的钟声。她也听到妈妈这时还在自己的房间里踱步。

第二天早上罗伯塔轻轻地拽了菲利斯的头发，要把她叫醒。但是这么轻柔显然达不到目的。

"干吗呀？"菲利斯嘟嘟囔囔地说，她还沉浸在睡梦中呢。

"起床了！起床了！"罗伯塔说，"我们住在新房子里，难道你忘了吗？没有用人，什么也没有了。快起床，咱们要做些事让自己成为有用的人。在妈妈起床前，把所有的事都做好。我已经把彼得叫醒了，他和咱俩一样，会迅速穿好衣服起床。"

于是他们迅速地悄悄将衣服穿好后起床了。当然他们的房间没有水，不过一下楼，在院子里的抽水龙头下，他们可以想怎么洗就怎么洗。一个人抽水，一个人洗。水花飞溅起来，真是有趣极了。

"这可比在浴缸里洗好玩多了，"罗伯塔说，"石头间的小草还有屋顶上的苔藓，真是鲜绿耀眼呀——花儿也这么漂亮！"

厨房的屋顶低低地倾斜下来，上面长满了青草和苔藓，也有石莲花、景天和桂竹香。在远远的角落还有一簇紫色菖蒲花。

"这比咱们原来的别墅可漂亮多了，"菲利斯说，"不知道花园是什么样子呢？"

"先别想花园了，"罗伯塔很正经地说，"咱们赶紧进去干活吧。"

他们点燃炉子，把水壶放上，然后开始摆放餐具。他们并不能找到所有东西，于是把盐盛放在了玻璃烟灰缸里。如果他们有面包，把面包放在新的烘烤盘里也是不错的。

他们觉得该做的都做完后，就出去了。这个早晨真是阳光明媚、空气清新。

"现在咱们去花园吧。"彼得说。他们绕着房子走了一圈又一圈，但怎么也找不到花园。院子在屋后，过了院子就是马厩和篷房。房子的另外三面都是田地，没有花园把它和平坦的草地分开。但是昨晚他们明明看到了花园墙。

这是个山村。向下望去他们可以看到铁路，还有一条隧道，像是一张在打呵欠的大嘴巴，不过这里看不到火车站。此外，还有一座高拱大桥，通向山谷的另一头。

"别找花园了，"彼得说，"咱们下山看看铁路吧。可能会有火车通过。"

"从这儿就能看到呀，"罗伯塔慢慢地说道，"咱们先坐一会儿吧。"

于是他们都坐在了一块平坦的灰白色大石头上，它就像是从草堆里钻出来的，山上还有很多这样的石头。妈妈八点出来找他们的时候，发现他们都睡得沉沉的，享受着暖暖的阳光，围成了一团，看上去非常惬意。

他们五点半就点了炉子，而且把炉子烧得很旺，接着又将水壶放在了炉子上。所以八点时炉子已经烧乏，水被煮沸烧没了，连壶底也被烧掉了，而且在摆放餐具前，也没有想到把餐具清洗一下。

"不过没关系，咱们还有水杯和碟子，也就是说，"妈妈说道，"我找到了另一个房间——居然把它忘了。这可真神奇！我已经用平底锅烧好水泡上茶了。"

昨晚被遗忘的房间就和厨房相通。昨晚又乱又黑，把屋门错看成了柜门。这个房间方方正正的，屋里的桌子上端正地摆放着一块放冷了的烤牛肉，还有面包、黄油、奶酪和一个馅饼。

"早餐吃馅饼！"彼得高兴地叫道，"真是妙极了！"

"这可不是鸽肉馅饼，"妈妈说，"只是一个苹果馅饼。这些本来应该是昨天的晚餐。维尼夫人留了一张便条，她的女婿伤了胳膊，所以不得不早点回家。今天早上十点她就来了。"

这样的早饭真不错。虽说在新一天开始时吃个放冷的苹果馅饼很少见，但孩子们都说比吃肉好吃。

"说是吃早餐，还不如说是吃晚餐。"彼得一边递出盘子要再添点饭，一边说道，"因为我们起得太早了。"

一天里他们都在帮妈妈解包裹，摆放东西。六条小腿跑来跑去都疼了，因为他们要把自己的衣服、餐具还有各种东西放在属于自己的地方。直到下午很晚，妈妈说："好了，今天就到这儿吧。我要去躺一个小时，这样到晚饭时我就可以像云雀一样活蹦乱跳了。"

他们互相看了看。三个孩子的表情表达了同样的想法。这个想法就像《儿童知识手册》那样是一问一答的形式。

问：我们去哪儿呀？

答：去铁路边。

于是他们就去铁路边玩了。出发时，他们发现了花园的藏身之处，就在马厩的正后面，周围是高高的花墙。

"哎呀，别再想花园了！"彼得大声喊，"妈妈今天早上已经告诉我在哪儿了，它明天还在那儿。咱们快点去铁路边玩吧。"

去铁路要顺着平整的草地下山，路上有荆豆灌木丛和灰色、黄色的岩石，这些岩石非常显眼，就像是蛋糕顶端的果皮蜜饯。

路的尽头十分陡峭，还有一个木栅栏——这就到了铁路，有闪闪发光的金属、电报线、电线杆和信号柱。

他们爬到了栅栏上，突然传来一阵隆隆声，然后他们不约而同地朝着铁路右边看去，那里是张着大嘴似的黑乎乎的隧道口，面向着悬崖峭壁。不一会儿，一辆火车鸣着汽笛喷着气从隧道里驶了出来，接着轰隆隆地从他们面前开过了。他们感觉到火车速度飞快，因为火车行驶时，铁道上铺着的石子都在跳动着嘎嘎作响。

"哇！"罗伯塔长长地叹了口气，"就像是一条长龙冲了过去。你们能感觉到它的热翅膀在给咱们扇风吗？"

"那个隧道从外面看就像是龙的洞穴。"菲利斯说。

但彼得说："我从来没想过咱们能像现在这样和火车近距离接触。这真是最棒的游戏！"

"比你的玩具火车头好多了吧？"罗伯塔问。（我厌倦了叫她罗伯塔。我不知道自己为什么这样叫。大家都叫她波比，没有人叫她罗伯塔。我不明白自己为什么不能叫她波比。）

"我说不清楚，但是这感觉很不一样，"彼得说，"看一整列火车，好像很怪异。它真的很长，对吧？"

"咱们以前看到的火车总是被火车站截成了两段。"菲利斯说。

"不知道那个火车是不是要开往伦敦，"波比说，"爸爸就在伦敦呀。"

"咱们下去到火车站问问吧。"彼得说。

于是孩子们就出发了。

他们沿铁路边走着，听到电报线在头顶上发出嗡嗡声。当你在火车上时，电线杆之间的距离看起来很短，一个接一个就像是在飞快地追赶，根本没法数清楚有几根电线杆。可要是走路，电线杆看起来很稀疏，之间的距离也很长。

但孩子们最终还是来到了火车站。

除了要乘坐火车，或者说是等火车，之前他们谁也没来过火车站，而且总是有大人带着，大人对火车站并没有什么兴趣，只是把火车站看作是要动身离开的地方。

之前他们也没有这么近距离地接触过信号房，这里可以看到电线，听到神秘的"乒乓"声，还有机器响亮、有力的敲击声。

沿着铁轨下的枕木走是个很不错的主意。波比马上让大家玩"激流勇进"的游戏，因为每块枕木的距离恰好可以在游戏中当垫脚石用。

接着到了火车站，他们并没有从售票口进去，而是从站台一端的斜坡偷偷地溜了进去，因为这样很好玩。

他们又偷偷看了看搬运工人的房间，同样有趣好玩。里面有灯，墙上挂着铁路年历，有一个搬运工正把头埋在报纸下打盹。

火车站里有很多交叉线，有一些只到车场就断了，好像它们非常繁忙、疲惫，想要退休静养一下。铁路这儿停着大卡车，路的一边有一大堆煤，这些煤堆得很密实，不像自己的煤窖那么松散，而像是坚挺的大楼，外面围着巨大的方形煤砖。这煤堆看起来像是《儿童圣经故事》里的平原城市。在靠近煤墙的上方有一条白灰线。

在听到站门上的铜锣发出两次当当声后，搬运工懒洋洋地走出房间，彼得很有礼貌地说："您好。"而且还赶紧问煤堆上那条白灰线是干什么用的。

"它是用来标示有多少煤的，"搬运工说道，"这样就知道是不是有人偷煤了，你可不要把煤装进你的口袋呀，小伙子！"

这乍一听就是句玩笑话，彼得立马觉得搬运工非常友好，而且很严肃。但是过后彼得想想这话却有别的意思。

你经过农舍的厨房时看见过他们烤面包吗，见过放在火边发酵的大面团吗？如果你见过，而且那时你还是一个对所见事情充满好奇心的孩子，那你肯定记得自己禁不住把手指戳进烤盘里大蘑菇似的软乎乎的面团，也肯定记得面团上会有一个坑，然后慢慢地，这个坑就没了，面团会恢复到你碰它之前的样子。不过，如果你的手非常脏，面团上当然就会留下一个黑黑的小印子。

看到爸爸离开孩子们很难过，看到妈妈不高兴也很悲伤，他们的难过悲伤就是这样，印象很深，但是持续时间很短。

他们很快就习惯了爸爸不在身边，尽管还记着爸爸。也习惯了不去上学，习惯了一天之中很少看到妈妈的身影，因为她整天都关着楼上的房门，一直不停地写作，不过还是常常会在吃茶点时，下楼大声朗读自己写的故事。这些故事都非常有趣。

岩石、山坡、山谷、树木、沟渠还有铁路，所有的一切都那么新奇、那么令人快乐，所以过去在别墅里的生活也就被慢慢淡忘了。

妈妈不止一次告诉他们家里经济非常拮据，但这只是说说罢了。大人们有时说的话通常没有什么特别用意，都只是随口说说，做妈妈的也如此。他们还是能吃饱，还是穿着过去的漂亮衣服。

但是六月里连着下了三天雨，天气非常冷，雨就像是长矛从天直降。没有人出去，大家都被冻得直哆嗦。他们来到楼上，敲了敲妈妈的门。

"有事吗，孩子们？"妈妈在里面问道。

"妈妈，"波比说，"我能生炉子吗？我知道怎么弄。"

妈妈接着说："不行，宝贝。咱们六月份不能生炉子——煤太贵了。如果你们冷，就去阁楼玩，那儿暖和。"

"但生炉子只需要一点煤呀，妈妈。"

"咱们负担不起，宝贝，"妈妈高兴地说道，"快去玩吧，孩子们，我现在很忙！"

"妈妈现在总是很忙。"菲利斯悄悄地对彼得说。彼得没有吱声，只是耸了耸肩膀。此时他正在思考。

不过，他不用想太久，因为阁楼可以布置成一个不错的"强盗窝"。当然，彼得是强盗，波比既是他的头子，又充当一帮他的可靠同伙，当然还要扮演菲利斯的妈妈。菲利斯是个被绑架的少女，家人花了重金才把她赎出来。游戏时孩子们用蚕豆来代替钱。

他们下楼喝茶时满脸通红，和任何一座山上的强盗都一样快乐无比。

但是当菲利斯要往面包里夹果酱和黄油时，妈妈却说："亲爱的，要么涂果酱，要么涂黄油，不能两个同时吃，咱们现在可过不起这么奢侈的生活了。"

　　菲利斯默默地吃了那片夹黄油的面包，然后又吃了另一片夹果酱的面包。彼得一边喝着淡茶，一边若有所思。

　　吃过茶点后，他们回到了阁楼，彼得跟她们两个人说："我有个主意。"

　　"什么主意？"她们很殷切地问道。

　　"不告诉你们。"彼得给了她们一个意外的回答。

　　"那好吧，算了。"波比说。

　　菲利斯说："那就别说了。"

　　"你们这些女孩子，"彼得说，"总是这么个急脾气。"

　　"那就让我看看男孩子是什么样的！"波比不屑地说，"我可不想知道你有什么愚蠢的想法。"

　　"总有一天你会知道的。"彼得说，他不发脾气，有条不紊，真是个奇迹了，"如果你们不那么凶巴巴的，我就告诉你们了，出于好心我才不说的，反正现在不能说——就是这样！"

　　套他的话确实花了些时间，不过他却没有透露什么。他说："我不告诉你们是因为我要做的事可能不对，不想牵连你们。"

"如果不对就别干，彼得，"波比说，"还是我来吧。"菲利斯却说："如果你们要干，我也愿意干！"

"不行，"彼得说道，他被这种奉献精神深深地感动了，"这事希望不大，就让我先来吧。不过只求你们一件事，如果妈妈问我在哪儿的话，不要泄密。"

"我们还不知道任何事，泄什么密呀。"波比愤愤地说。

"我已经告诉你们了呀！"彼得边说边从手指间把蚕豆往下漏，"我一直都相信你们。你们也知道我要一个人去冒险，可能有些人觉得这不对，但我不这么想。如果妈妈问我到哪儿了，就说我在矿上玩呢。"

"什么矿？"

"你这么跟妈妈说就行了。"

"你可以告诉我们，彼得。"

"好了，我说的是煤矿。不过别说'煤'这个字，会挨打的。"

"你别吓我们，"波比说，"我确信你需要我们帮忙。"

"如果我找到煤矿，你们就帮忙运煤。"彼得很谦逊地做出了承诺。

“你想保密就保密吧。”菲利斯说。

“你能保密就保密吧。”波比说。

“我肯定能。”彼得说。

在吃茶点和晚饭之间，即使是时间安排最紧凑的家庭，仍然有一段间隙。这段时间妈妈通常都在写作，维尼夫人也要回家。

彼得的这个主意在脑子里翻腾了两夜之后，在黄昏时他秘密地唤来了女孩们。

“跟我来，”他说，“带上罗马战车。”

罗马战车是非常古老的手推车，在马车房上面的阁楼里，已经“退休”多年了。孩子们给它上了很多润滑油，直到它像自行车一样不会发出一点声音，而且乖乖地和着方向盘的拍子，就和原来神气的日子里一模一样。

“跟着你们勇敢的领袖前进。”彼得说着就带路下了山，朝火车站走去。

就在火车站的上面，许多岩石都从草地里探出了头，仿佛和孩子们一样对火车站有着浓厚的兴趣。

在三块岩石围成的小洞里有一堆石南花的干叶子。

彼得停下来，用磨损的靴子踢开了干叶堆，说道："这就是圣彼得煤矿的第一批煤。我们要用车把它载回家。需要准时发货，认真对待每份订单，不同形状的煤供给不同的顾客。"

车里载满了煤。但是还得卸下来，因为太重了，孩子们没有力气推上山。彼得把皮带绑在两个把手上，然后套在身上向前拉，女孩们在后面推，尽管这样还是没法上山。

彼得来回三次把自己的煤运到妈妈的煤窖里。

后来彼得自己又单独出去了，回来时黑乎乎的，还有些神秘。

"我刚去了我的煤矿，"他说，"明天晚上咱们会把黑色砖石带回来。"

一周后，维尼夫人告诉妈妈说最近的煤很耐用。

孩子们在楼上听到这话，抱成一团，扭来扭去，悄悄地发笑。他们早就忘了彼得原来的疑惑，寻找煤矿到底对不对。

终于一个可怕的夜晚降临了。站长穿上暑假在海边时的旧网球鞋，悄悄地走进了堆着煤堆的院子，煤堆上的那条白线赫然在目。然后又悄悄地靠近了煤堆，在那儿等着，就像是猫咪在老鼠洞前静候。突然有个小小的黑影子在偷偷地刨煤堆，发出了沙沙声。

站长躲在司闸车的影子里，车上有个小小的铁皮烟囱，还标着：

G.N.和S.R.

34576

立刻返回白色石楠侧线处

他就这样躲着，直到煤堆上的小东西停止刨煤，不再发出沙沙声，来到煤堆边，托着背后的东西，小心地从上面下来。这时站长突然抬起胳膊，一手就抓住了一个衣领。彼得的夹克被紧紧地拽住，他的双手虽然在瑟瑟发抖，但还是紧紧地抓着那个木匠用旧了的布袋，袋子里面装满了煤。

"可让我逮到你了，小毛贼！"站长说道。

"我不是贼，"彼得非常坚定地说，"我是采煤的。"

"鬼相信。"站长说。

"可我说的是真话。"彼得说。

"被我抓了正着，"站长说，"别狡辩了，你这小鬼，跟我到火车站走一趟吧。"

"不。"黑暗中一个声音痛苦地喊道，这可不是彼得。

"不会是上警察局吧！"黑暗里发出了另一个声音。

"还不至于到那儿，"站长说，"先到火车站，你们难道是个团伙吗，还有谁？"

"只有我们。"这时波比和菲利斯，从另一辆标着

"斯特维利煤矿"字样的卡车的影子里走了出来。

"你们这样偷偷跟踪我什么意思？"彼得生气地说道。

"我想是有人跟踪你了，"站长说，"走吧，快跟我到火车站。"

"不，不要让我们去火车站！"波比说，"你现在能告诉我们，会怎么惩罚我们吗？我们和彼得都犯了错，我们帮他运了煤，而且也知道他是在这儿挖的煤。"

"不，你们不知道。"彼得说。

"我们知道，"波比说，"一开始就知道。我们装着不知道，只是在逗你玩。"

彼得一肚子怒火，他采煤被抓了，现在又知道女孩们在戏弄他。

"别抓我！"他说，"我不会跑的。"

站长松开了彼得的衣领，划了一根火柴，透过这晃动的小火苗看了看他们。

"为什么呀，"他说，"你们是从上面'三个烟囱'来的，穿得这么好。告诉我为什么要干这事呢？你们没有去过教堂，没有看过《教义问答》之类的书吗，不知道偷盗是坏事吗?"他的语气这时听起来温和多了。

彼得说："我不认为这是偷盗，而且确定这不是。在煤堆外面弄到煤可能是偷盗，但是在煤堆中间就是开采煤了。这么多煤够你烧了，烧到中间就得几千年呢。"

"用不了那么久。你是为了好玩才这样吗？"

"没有人为了好玩，扛着这么沉的东西上山。"彼得气愤地说道。

"那你为了什么？"站长的声音听起来更温柔了。

彼得回答道："你知道那几天一直下雨吧？妈妈说我们太穷没钱买煤生炉子。但是在原来的家里，天一冷我们就能生炉子，而且——"

"别乱说！"波比轻轻地打断了彼得。

"那好吧，"站长说，他摸着下巴若有所思，"我现在就告诉你们我怎么处置你们。这次我就放你们一马，但是记住，孩子们，偷就是偷，不管这是不是你们所谓的开采挖掘，不是你们的煤就不能拿。快回家吧。"

"你的意思就是不处罚我们了？你真是个好人。"彼得很激动地说。

"你心肠真好！"波比说。

"你真是个大好人。"菲利斯说。

"好了，好了。"站长说。

就这样他们道了别。

"别跟我说话，"三个人上山时彼得说，"你们这些间谍、叛徒——你们就是这样。"

但是女孩们把彼得夹在中间。可以回到"三个烟囱",不用去警察局,安全又自由,这让她们很高兴,所以就不计较彼得说什么了。

"我们可说了和你是一伙儿的。"波比温柔地说。

"才不是那么回事。"

"在法庭上就是这样的,"菲利斯说,"不要生气了,彼得。这不是我们的错,只是你的秘密太容易被发现了。"她说着挽上了彼得的胳膊,他也不再执拗。

"反正不管怎样,地窖里的煤足够多了。"他接着说道。

"噢,别说了!"波比说,"我认为不该为这高兴。"

"我不知道,"彼得说,他打起精神,"可到现在,我也不相信挖煤就犯了罪。"

但女孩们知道这是犯罪,而且明白彼得心里也是这么想,只是他不愿意承认罢了。

第三章　老先生

　　在彼得的煤矿经历了这次冒险之后，不要再靠近车站才应该是孩子们的明智之举，但是他们没有这样，也不会这样。他们原来的家所在的街道上，总有马车和公共汽车会不停地发出隆隆声，而且还有一些卖肉的、卖面包的、卖烛台的（我从来没有见过卖烛台的货车，不知道你有没有见过）货车来回穿梭。但是在这儿，整个村子都像是在沉睡，安静得不得了，只有火车经过时会发出声响。这也成为了孩子们联系昔日生活的唯一线索。他们每天从"三个烟囱"下来都会在同一片又嫩又短的草地上走，渐渐地就开辟出了属于他们自己的小路。他们甚至已经知道一些火车通过的时间，还给这些火车命了名。九点十五分的上行火车叫作"青龙"，十点零七分的下行火车叫作"毛毛虫"。午夜时的城市快车发出的刺耳尖叫声，有时会把他们从睡梦里惊醒，这不禁让他们联想到可怕的"夜行人"。一个寒气逼人的夜里，彼得爬下床，透过窗户看外面的星光，还给星星起了名字。

这位老先生就是搭着青龙号来的。他相貌堂堂，看起来也非常和蔼——不过这两者并不算是一回事，而且脸色红润，满头白发，胡子也刮得干干净净。他的领结十分特别，礼帽也与众不同。当然孩子们开始可没注意到这些。事实上，他们最先看到的是老先生的手。

一天早上，孩子们坐在栅栏上等着青龙，但是彼得看了看自己的手表，这表是去年生日时他买给自己的礼物，火车晚点三分十五秒。

"青龙要开到爸爸那儿，"菲利斯说，"如果这真是一条青龙，我们就可以让它停下来，带上咱们的爱给爸爸。"

"青龙不会传达咱们的爱，"彼得说，"他还有更重要的事。"

"不对，它们会的，只要一开始就完全把它们驯服，它们就会完全服从你，像宠物狗那样乖乖地给爸爸传达咱们的爱，"菲利斯说，"我想知道爸爸为什么从来不给咱们写信。”

"妈妈说他很忙，"波比说，"不过很快就会给咱们写信的。"

"我说，"菲利斯提议道，"当青龙经过时，咱们就一起向它挥手，如果它有魔力，会明白咱们的意思，带着咱们的爱给爸爸；如果它没有魔力，挥挥手也没什么，以后咱们就不再想这事了。"

于是当青龙咆哮着从隧道的黑色洞穴驶出时，他们站在铁路上开始挥动手帕，当然他们也没有工夫去想手帕是否干净，事实上，它们很可能都是脏的。

不过头等车厢里竟然伸出了一只手，也朝着他们挥动起来。手非常干净，还握了一张报纸。这就是那位老先生的手。

之后，他们和九点十五分的火车相互挥手变成了一种习惯。

孩子们，尤其是女孩们，心里总有这样的猜想：老先生可能认识爸爸，而且因为"公事"，不管在什么隐蔽可疑的地方，他们可能会见面。希望老先生能告诉爸爸，在远远的翠绿村子里，不论晴天雨天，每天早上他的三个孩子，都会站在栅栏上向火车挥手，传递对他的爱。

在原来的家里，他们是不允许出门的。但现在无论什么天气，都可以出门。当然这也要归功于艾玛姨妈，他们越来越觉得对这个不怎么招人喜欢的姨妈有点不公平了。当初还嘲笑她买长筒雨靴和雨衣给他们，现在才知道这些东西多么有用。

妈妈一直在忙着写作，而且常常寄出许多装着故事的蓝色长信封。但也常常收到一些五花八门的大信封，有时打开它们后还会叹息："哎，又一个故事被遣送回来了！天呀！天呀！"这时孩子们也会非常难过。

不过有时她也会把信封高高地挥动起来说："太好了，太好了！终于碰到一位明智的编辑，不仅对我的作品很满意，还附了校样（稿件经排字或制版后印出供校对用的样张）。"

开始他们还以为校样是明智编辑写给妈妈的信，但后来知道它就是一张长长的纸，上面印着故事。

只要碰上明智的编辑，他们就能吃甜点喝茶。

一天为了庆祝《儿童世界》编辑的明智之举，彼得下山去镇上买甜点，但半路遇到了站长。

彼得觉得心里很不是滋味，虽然事情过去这么久，他已经知错了。因为想到站长肯定不会和一个偷过东西的人打招呼，他感到自己身上发烫，一直烫到耳根，所以也不愿给站长问早（幽静的路上碰到人时，也会有这样的感觉）。于是低着头走，什么也没说。

还是站长经过他身边时先问了早安，彼得才应了一声
"早上好"。然后想了想："可能白天他没认出我，否则
不会这么客气。"

想到这一点让彼得很不高兴。可是接下来，他也不
知道自己为什么会追上了站长。听到了他匆匆的脚步声，
站长停了下来。这时他的耳朵通红，接着气喘吁吁地说：
"您并没有认出我是谁，所以不用对我这么客气。"

"嗯？"站长说。

"当您说'早上好'时，我想您并不知道偷煤的就是
我，"彼得接着说，"但确实是我，很抱歉。"

"什么？"站长说，"我早把那事忘得一干二净了。
过去的就让它过去。你匆匆忙忙地干什么去呀？"

"我要去买些甜点。"彼得说。

"我还以为你们家里很穷呢。"站长说。

"我们确实很穷，"彼得非常自信地说，"但是妈妈
如果能推销出一个故事、一首诗什么的，我们就会有点钱
买茶点。"

"噢，"站长说，"那你妈妈会写故事咯？"

"您还没有读过那么美的故事吧！"

"有这样聪慧的妈妈，你真该引以为豪。"

"那是当然，"彼得说，"但自从她变聪慧后，就没时间陪我们玩了。"

"这样呀，"站长说，"好了，我必须加快脚步了，什么时候想来车站就去看看我们。至于煤嘛，要说的是……好了……哦，我们不再提了，好吧？"

"谢谢，"彼得说，"很高兴咱们把这件事讲清楚了。"于是他继续走，过运河桥，到镇上买了茶点。自从那晚站长在煤堆那儿抓住了他的衣领，他的心里一直就没能像现在这样舒畅过。

第二天，他们和平时一样向青龙挥手传达给爸爸的爱，在老先生挥手示意后，彼得就昂首挺胸带路向车站走去。

"这样行吗？"波比问。

"她的意思是煤矿事件后，咱们该不该去火车站。"菲利斯解释道。

"我昨天见了站长，"彼得立马说道，并装着没有听到菲利斯说的话，"他特意邀请咱们随时去呢。"

"煤矿事件之后吗？"菲利斯又问了一遍，"等一下——我的鞋带开了。"

"它怎么总开呢，"彼得说，"你永远都不会成为像站长那样的好人了。菲利斯——你一直提起我不堪回首的往事。"

菲利斯系好鞋带，却一声不吭地往前走，肩膀还颤颤地，一大滴眼泪从鼻子上滑落，掉在了铁轨上，这被波比看到了。

"好妹妹，你怎么了呀？"她说着，停下脚步，搂住了妹妹颤抖的肩膀。

"他说我不是好人，"菲利斯哭着说，"我从来没有这么说过他，即使那次他把我的娃娃绑在木柱子上，当成殉道者放在柴火堆里烧，我也没这么说。"

大约一两年前，彼得确实有过这样的暴行。

"好了，你也知道是你先起得头，"波比很诚实地说道，"自从开始向青龙挥手，咱们就不该再提起任何关于煤的事了，不是吗？咱们都互相尊重不好吗？"

"彼得答应，我就答应。"菲利斯抽泣着说。

"好吧，我答应，"彼得说，"互相尊重。那么为了表达诚意，如果你的手帕又丢了，可以用我的。真不知道你把它们弄哪儿了。"

"我最后一条手帕也是你拿走的，"菲利斯生气地说，"你用它拴兔窝的门了，也没句感激的话。诗集上说得对：一个没牙的孩子比毒蛇的牙还尖利。洛维小姐说没牙的孩子就是指不知感恩的人。"

"好了，"彼得不耐烦地说，"对不起好了吧！你们还打算去吗？"

他们到了车站后和搬运工一起度过了两个小时的快乐时光。他是一个非常值得尊敬的人，而且总是不厌其烦地回答他们提出的问题，但是许多地位显赫的人总是非常讨厌这样。

他告诉了他们许多闻所未闻的事，比如连接火车车厢的挂钩叫作车钩，悬在车钩上面像蛇一样的管子可以用来停火车。

"火车开的时候，如果能抓住其中一根管子，把这些管子分开，"他说，"她就一下子刹住了。"

"她是谁？"菲利斯问。

"当然是火车了。"搬运工说。这之后，孩子们再不用"它"来指火车了。

"所以车厢上总写着'违规使用者罚款五英镑'。如果你那样做，火车就会停下来。"

"那要是有正当理由使用呢？"

"我想它还是会停下来的，"他说，"一般是没有什么正当理由使用管子的，除非有人要谋杀你。一次有个老太太被别人骗了，说那是餐车铃，于是就拉动了管子，其实她只是饿了，而不是有什么危险。火车停下后，列车员就赶紧在车厢里找这个生命垂危的人。找到后，她说：

'先生请给我一杯啤酒和一个巴斯甜面包。'结果火车晚点了七分钟。"

"那列车员是怎么回答她的？"

"我也不知道，"他回答，"不过我敢打赌不管说了什么，她这辈子都不会忘的。"

他们快乐地谈着话，时间也不知不觉地过去了。

因为和他们玩得很高兴，站长从售票口后面的"神庙"出来了一两次。

"看样子，好像煤矿事件从来没有发生过。"菲利斯偷偷给姐姐说。

他给了每人一个橘子，还答应哪天有时间带他们到信号室看看。

车站里有许多火车过往，而彼得第一次发现了每辆火车就像马车一样，上面都标有号码。

"对了，"搬运工说，"我曾经认识一个小家伙，每看到一个车就会把它的号码记在一个带银角的绿皮笔记本上，他爸爸是个有钱的文具批发商。"

彼得觉得即使爸爸不是文具批发商，自己也能记下所有的号码。他没有带银角的绿皮笔记本，但搬运工给了他一个黄色信封。彼得在上面记上了"379"和"663"，他觉得自己将开始最有趣的收集。

那晚喝茶时，彼得问妈妈是否有带着银角的绿皮笔记本，但妈妈说没有，不过听到他想要笔记本，妈妈就给了他一个黑色小笔记本。

"有几页被撕了，"她说，"但是足够你记些号码了，用完后我再给你。很高兴你们这么喜欢铁路，但是一定不要上铁轨。"

"那我们迎着火车来的方向也不行吗？"沉默了一会儿彼得问道，孩子们绝望地看了看彼此。

"不，绝对不行。"妈妈说。

"妈妈，你小的时候难道就没有在铁轨上走过吗？"菲利斯紧接着妈妈的话问道。

妈妈当然非常诚实了，说："走过。"

"那不就对了嘛。"菲利斯说。

"但是宝贝，你们不知道我多么爱你们，如果你们出事了，我该怎么办？"

"那比起外婆对你的爱，你对我们的爱更多了？"菲利斯问。波比做手势示意她停下来，但是无论手势做得多么明显，她永远都看不到。

妈妈没有立即回答，而是向茶壶里添了水。

"外婆给我的爱是没有人能比的。"

然后妈妈再次沉默了，波比在桌子下面狠狠地给了菲利斯一脚，因为她多少知道妈妈为什么不说话了，此时妈妈正在想自己小时候就是外婆的整个世界。一个人有困难时，最容易想到自己的妈妈。波比似乎明白为什么人们有困难时要找妈妈，即使长大成人了还是这样，也似乎明白当一个人在困难时，没有了妈妈会多么伤心。

所以她踢了菲利斯。

"你为什么踢我呀，波比？"菲利斯问道。

妈妈这时微微笑了笑，叹了口气说："好了，只要你们保证知道火车往哪条铁轨开过——不要在铁轨上走，不要靠近隧道和铁路拐弯的地方。"

"火车和马车一样都靠左边行驶，"彼得说，"那么我们靠右走，肯定能看到它们从前面驶来。"

"很好。"妈妈说，我相信你们认为她不该这么说。但是想到自己小的时候，她就这么说了。无论是她的孩子，还是世界上的其他孩子肯定不会明白，她是好不容易才说出这话的。只有像波比这样的人可能才会明白点。

但是第二天，妈妈头疼得厉害，不得不躺在床上，她的手滚烫滚烫的，吃不下饭，嗓子也疼得不得了。

"如果换作是我，就去请医生了，"维尼夫人说，"现在有许多怪病。我的大姐因为寒气入骨受凉了，两年前的圣诞节来看我时，和原来大不一样了。"

开始妈妈并没有找医生，但到了晚上他们感觉她病更重了，于是彼得就去镇上找医生了。他来到一所房子前，看到门边立着三棵金莲树，门上方的黄铜牌子上写着"医学博士弗罗斯特"。

弗罗斯特先生很快就出发了，在路上和彼得谈了话。他是个非常有魅力而且明事理的人，对铁路、小白兔还有一些重要的事很感兴趣。

弗罗斯特先生给妈妈诊断后，说她患了流行性感冒。

"慷慨的小姐，"他在大厅给波比说道，"我想你不介意当一下护士吧。"

"当然可以。"她说。

"我会送来一些药。把火烧旺然后做点牛肉滋补汤，等她烧一退就喝了。现在可以给她吃些葡萄，喝点牛肉汤、苏打水和牛奶，你最好去弄一瓶白兰地，不过要最好的，便宜的和毒药可没什么两样。"

她让医生给写下来，医生就照办了。

当波比把这个单子拿给妈妈看时，妈妈笑了。她十分确定妈妈笑了，虽然这笑声十分冷淡虚弱。

"真是胡说，"妈妈躺在床上，眼睛里闪着泪光，"我可没钱买这些垃圾。告诉维尼夫人明天去买两磅的羊颈肉，明天晚饭时做给你们吃，我可以喝点肉汤。宝贝，现在我应该多喝点水。你能端盆水，用海绵给我擦擦手吗？"

波比立刻按照妈妈的吩咐开始行动了。为了让妈妈舒服点，她尽可能做了各种事情，然后才下楼找弟弟妹妹。她的脸颊非常红，嘴唇紧绷，眼睛和妈妈的眼睛一样闪闪发光。

她告诉他们医生说的话，还有妈妈说的话。

"现在，"在她讲完后她说，"现在没有人能帮咱们了，咱们只能自己想办法，我有一先令用来买羊肉。"

"咱们也可以不吃什么羊肉，"彼得说，"有面包和黄油就能维持生命，有人在荒岛上甚至吃不到这些，但也能活很久。"

"当然。"波比说。他们就把这一先令交给了维尼太太，请她下山到村里用这一先令去买白兰地、苏打水和牛肉汤。

"就算咱们什么也不吃，"菲利斯说，"这点晚饭钱也买不了这么多东西。"

"是买不起，"波比皱起眉头说，"还得想别的办法。现在咱们都绞尽脑汁好好想想。"

他们动足了脑筋，然后商量了一下。接着波比上楼陪妈妈坐会儿，看她是否有什么需要，其他的孩子们正拿着剪刀、白床单、画笔和维尼太太用来漆炉栅的一瓶黑漆忙来忙去。用了第一张床单，却发现并没有达到预期效果，于是从衣柜里又拿了一张。他们没有想这是在糟蹋价值不菲的好床单，只知道是在做一件好事——不过他们在做什么，一会儿再说吧。

波比把自己的床搬到了妈妈的房间，很多个夜里起床添火，给妈妈递牛奶、苏打水。妈妈总是自言自语，但似乎并没有什么意思。有次她晚上突然醒来大喊："妈妈，妈妈！"波比知道她在叫外婆，但是叫也没有用，因为外婆早去世了。

一大早，波比听到妈妈喊她，立马跳下床跑到妈妈的床边。

"噢——啊——对了，我是在睡梦里叫，"妈妈说，"可怜的宝贝，你该多累呀，我真恨自己给你们带来这么多麻烦。"

"怎么能说是麻烦！"波比说。

"好了，别哭了宝贝，"妈妈说，"我这一两天就好了。"

波比说："知道了。"然后勉强地笑了笑。

当你习惯晚上睡十个小时的安稳觉后，如果一晚上醒三四次会感觉跟没有睡觉似的。波比觉得头很沉，眼睛也肿得睁不开，但还是坚持打扫房间，医生来之前，她把屋子收拾得很干净。

现在是八点半了。

"事情进展得顺利吗，小护士，"他在门前说，"你买白兰地了吗？"

"买了，"波比说，"是小扁瓶装的。"

"但是我并没有看到葡萄和牛肉汤。"他说。

"是没有，"波比很坚定地承认，"但是明天你就能看到，灶台上还会有些牛肉用来炖牛肉汤。"

"谁教你们这样做的？"他问道。

"菲利斯患麻疹时，妈妈是这样做的。"

"太对了，"医生说，"现在可以去把家里的老阿姨（维尼夫人）请来陪着你的妈妈，然后自己去吃顿饭，好好睡一觉，晚饭的时候再起来。我们可不能把护士长累坏了。"

他可真是个好医生。

一天早上，青龙驶出隧道，头等车厢的老先生放下手中的报纸，准备给栅栏上的孩子们挥手，但是这天早上只来了一个孩子，他就是彼得。

彼得也不像平常那样在栅栏上站着，而是站在栅栏前，像是在指挥动物的马戏团演员，或者是一边用棍子指着幻灯上"巴勒斯坦风景",一边解说的善良牧师。

彼得也在指着,他指的是钉在栅栏上的白色大床单,上面是一英尺长的黑色粗体字。

有几个字渗开了,因为菲利斯写得太快了,但还是清晰可读的。

火车上的老先生和其他一些旅客看到白色的床单上写着几个黑色大字:到火车站请向外看。

到了火车站确实好多人向外面望,但都很失望,因为没有什么不一样的。老先生也向外看去,阳光、碎石铺的站台、车站边上的紫罗兰和勿忘我,确实没发现什么不一样,直到火车开始喷气,就要重新出发时,才看到菲利斯气喘吁吁地跑来。

"啊,"她说,"我以为会错过呢。我的鞋带一直开,系了两次。好,给你。"

火车开走时,她把一封信递给了老先生,这封信已经被她握得热热的湿湿的。

他倚在自己的座位上,打开了这封信,上面是这样写的:

亲爱的先生:

原谅我们并不知道您的名字。我们的妈妈生病了，医生说要给她吃一些食物，信尾可以看到这些食物，但是她说没钱买这些，只能买点羊肉，我们吃肉时她喝点肉汤。我们在这里不认识什么人，只能求您帮忙了，爸爸不在家，我们也不知道他在哪儿。他会付给你钱，但是如果他没钱了，彼得长大后也会还给您，我们以名誉向您担保。我们欠您妈妈需要的一切东西。

彼得

您能将包裹给站长吗？因为我们不知道您会乘哪辆火车来？就说是彼得的，那个因为煤的事感到非常内疚的男孩，他就明白了。

罗伯塔
菲利斯
彼得

接着就是医生列出的单子。老先生第一遍读信时，眉毛抬了起来，读第二遍时，微微地笑了。读完后，他将信放进了口袋，然后继续读他的《时报》。

当天晚上，有人敲他们家的后门。孩子们立马跑去开门，原来是那个给他们讲过许多关于铁路趣事的搬运工。

他把一个很大的食品篮放在了厨房的石地板上。

"老先生，"他说，"请我把它直接送到这儿来。"

"非常感谢，"彼得说，正当搬运工犹豫着要走时，他又接着补了一句，"很抱歉不能像爸爸那样给你两便士，但是——"

"请别这么说，"搬运工不高兴地说，"什么两个便士呀！我没有想那两个便士，只是想说对你妈妈生病感到很难过，而且想问问她是不是好点了，我给她采了些野蔷薇，非常好闻。"他说着从帽子里拿出来一把野蔷薇，"简直就像是魔术师"，正如菲利斯后来说的那样。

"真的很感谢您，"彼得说，"我希望您能原谅我。"

"没有什么冒犯的。"搬运工说道，虽然不是真心话，但很有礼貌，然后就走了。

接着孩子们打开食品篮。先是稻草，再是刨花，最后才看到了所有他们需要的东西，很多很多。还有许多信上没提到的东西，桃子、葡萄酒、两只鸡、一大纸盒长着长茎的大朵玫瑰花，还有花露水，装在一个绿色的细长瓶子里；三瓶香水，瓶子小小的胖胖的。当然也有一封信：

亲爱的罗伯塔、菲利斯、彼得：

这是你们急需的东西，你们的妈妈一定会问这些是从哪儿弄来的，告诉她是一个朋友听说她病了送来的。当然等她痊愈了，要告诉她实情。如果她说你们不该向别人要东西，就说我认为你们做得非常对，并说我因此感到非常快乐，希望她能原谅。

信尾署名是"G. P."，孩子们也不知道是什么意思。

"我想咱们做得对。"菲利斯说。

"对，当然很对。"波比说。

"完全赞成，"彼得说，"但是我觉得不能告诉妈妈真相。"

"等她好了咱们再说，"波比说，"妈妈一痊愈，就万事大吉了，那点小麻烦也算不上什么了。快看这些玫瑰花，我必须马上抱给妈妈看。"

"还有蔷薇花，"菲利斯使劲地闻了闻说，"别忘了它们。"

"怎么会忘了呢！"波比说，"那天妈妈还告诉我，她小时候家里有一排很密的蔷薇树篱。"

第四章　免费坐火车头的人

　　他们用第二张床单多出来的部分又做了一面旗子，上面用黑墨汁写道"她快好了，谢谢您"。收到食品篮两个星期后，他们把这张床单挂了出来，等青龙驶过时让老先生看。老先生从车厢里高兴地向他们挥了挥手。当然，这件事之后，孩子们都很清楚是时候告诉妈妈实情了。这似乎比他们想象的难办多了，但必须这样。最后他们说出了实情，妈妈非常生气。她以前很少生气，孩子们也从来没见过她现在这样，真是太可怕了！但更糟糕的是她突然放声大哭。我认为哭是会传染的东西，就像是麻疹和百日咳一样。反正所有人都哭成了一团。

　　还是妈妈先停了下来，她擦干眼泪说："孩子们，很抱歉对你们这么凶，因为我知道你们不懂。"

"我们并没有想淘气，妈妈。"波比哭着说，菲利斯和彼得则在一旁抽泣。

"好了，现在听着，"妈妈说，"咱们是很穷，但咱们的钱足够维持生活了。你们不能随便告诉别人咱们家的事，这么做不对。而且绝不能向陌生人要东西，从现在起牢牢记住这句话，知道了吗？"

他们都抱住妈妈，湿湿的脸颊贴在了一起，答应她以后再也不这样了。

"我还会写封信给老先生，告诉他我不赞成做这件事，不过我会谢谢他的好意。当然我不赞成的是你们做的事，而不是他这么做的心意。他是个好人，你们可以让站长把信带给他，然后这件事就到此为止。"

后来，孩子们单独在一起时，波比说："妈妈真是太了不起了！哪有发了脾气还说抱歉的家长呀！"

"是呀，"彼得说，"确实非常了不起，但是她生气时真让人害怕。"

"她就像歌里面唱的复仇女神，"菲利斯说，"如果不是那么可怕，我倒想多看看她，她生气的样子真好看。"

他们把信带给了站长。

"我记得你们说过，除了在伦敦就没有什么朋友了呀。"站长说。

"我们是后来才结识的。"彼得说。

"他不在附近住吗？"

"不知道，我们是在铁路上认识的。"

然后站长又回到售票口后面的"圣庙"里，孩子们去搬运工的屋子里和他聊天。从他口中孩子们知道了很多有趣的事，包括他的名字叫帕克斯，结婚后有了三个孩子，还有火车头前面的灯叫作前灯，后面的灯叫作尾灯。

"这正好说明火车就是一条假扮的龙，"菲利斯小声说，"它可有头有尾呢。"

也是这天孩子们才第一次注意到所有的火车都是不一样的。

"一样？"帕克斯说，"上帝保佑，可不一样，小姐。它们之间的差别就跟咱俩之间的差别似的。那辆不带煤水车，刚才在自行前进的小火车是油槽车，它要去少女桥的另一边调轨。小姐，它就好比是你。那边的火车是用来运货的，又大马力又足，每边都有三个轮子，人们还用杆把它们连起来，以便增加它的力气。这些火车就好比是我。还有些是干线火车头，它们也许就像这位小少爷。他长大后准会在学校的各种比赛中得第一。干线火车头速度快马力也大。再看那种，就是九点十五分驶过的火车。"

"青龙吧。"菲利斯说。

"但我们叫它蜗牛，小姐，"搬运工说，"因为在铁轨上它总落在其他车的后面。"

"可火车头是绿色的，就像龙一样。"

"是呀，小姐，"帕克斯说，"蜗牛在一年的某些时候也是绿色的。"

孩子们回家吃晚饭时，一致认为搬运工是最让人快乐的伙伴。

第二天是波比的生日，下午大家很委婉但又态度坚定地让她出去一会儿，到喝茶前再回来。

"现在你不能看我们在做什么，等做好了你才能看。那可是个意想不到的惊喜。"菲利斯说。

于是波比一个人进了花园，她很感激大伙儿，但是觉得与其这样一个人孤孤单单地过一下午，还不如帮着大家干点什么，尽管她会收到意想不到的惊喜。

现在她一个人，就有时间想想心事了。她想的最多的就是妈妈发烧那晚说的话，"医药费可怎么付呢"。那时妈妈双手发烫，眼睛也很明亮。

她在花园里的玫瑰花丛里走来走去，虽然玫瑰花没有开，只有蓓蕾，但这里还有丁香花丛、山梅花和红醋栗。

她越想医药费就越不愿去想。

不一会儿，她做了个决定。她通过边门出了花园，然后爬上陡峭的田野到了运河边的路上，沿着路直走，就到了桥上，然后在这儿候着。这座桥横贯运河直通到镇上。在阳光的沐浴下，把胳膊肘撑在大桥那暖和的石头上，再向下看看运河碧蓝色的水，可真是让人愉快。她以前从没看到过别的运河，除了伦敦的摄政运河之外，可那河水的颜色却一点都不招人喜欢。她也从没见过什么河，当然除了泰晤士河，但是它的河面可能清洗一下才会更好看。

孩子们本来应该像喜欢铁路一样喜欢这条河的，但并非如此，原因有两个。第一，他们最先看到的是这条铁路——那是他们到这儿的第一个美丽早晨，当时他们住的房子、周围的乡村、旷野、岩石、大山对他们来说都很新鲜。而运河是后来才发现的。第二，铁路上的每个人对他们都非常友善——站长、搬运工、向他们挥手的老先生。但运河上的人对他们并不客气。

当然，在运河上的是些船夫，他们要么驾驶着船慢慢地开来开去，要么走在老马的旁边使劲拉动纤绳，而老马在纤路的泥巴上不断地踩来踩去。

彼得曾经问过一个船夫时间，但回答是"走开"，而且很厉害，吓得彼得都没敢停下来告诉这个船夫，自己也有权在纤路上走。可他当时并没有想起这么说，直到后来才想到的。

还有一次他们想去河边钓鱼，但船上有个孩子却向他们扔煤块。其中有块煤还击中了菲利斯的后颈，因为那时她正弯着腰在系鞋带。煤块虽然没有伤到她，可她却不想再钓鱼了。

但现在波比觉得在桥上非常安全，因为低头看着运河，如果有谁要向她扔石头，她可以躲到栏杆后面。

这时她听到了车轮声，她等待的终于来了。

这是医生马车轮子的声音，当然医生在车上坐着。

他拉住缰绳喊道："护士长小姐，你好，要上车吗？"

"我想去看看您来着。"波比说。

"你妈妈好点了吧？"医生说。

"好多了，不过——"

"来，上车吧，咱们坐着马车走走。"

波比爬上马车，然后医生拉着缰绳把马车调了头，马儿似乎很不高兴，因为它想回家吃茶点呢（我指的是它吃的大麦）。

"真是太棒了。"马车沿着河边飞快地走，波比说。

"咱们可以向你家那三个烟囱当中的随便哪个扔石头。"当他们经过波比家时，医生说。

　　"不错，"波比说，"不过您可得是个了不起的投手。"

　　"你怎么知道我不是呢？"医生说，"现在可以给我说说有什么事了吧。"

　　波比心神不宁地摆弄着驾驶挡板上的钩子。

　　"好了，说说吧。"医生说。

　　"您知道这说出来有点为难，"波比说，"因为妈妈说过了。"

　　"你妈妈说什么了？"

　　"她不让我随便给什么人说我们很穷。但是您不是随便的人，对吧？"

　　"对，我不是，"医生很高兴地说，"那是什么事呢？"

　　"我知道看医生都很贵——就是收费很多，但维尼夫人告诉我她看医生每周只花两便士，因为她是俱乐部的成员。"

　　"是吗？"

　　"您也知道她告诉我您是一个好医生。因为她比我们还穷，所以我问她怎么才能付得起钱给您。但一次去她家后，她告诉了我俱乐部的事。我认为应该问问您，不过我不想让妈妈担心！我们能像维尼夫人一样也加入俱乐部吗？"

医生没有回答，因为自己也非常穷，但有人请他看病当然很高兴了。现在我想他的内心十分复杂。

"您生我气了吗？"波比小声问。

医生回过神来。

"生气？怎么会呢？你是个懂事的小大人。好了，不要担心，我会让你妈妈放心的，即使为她办个新俱乐部。快看，要到水道桥的桥头了。"

"什么？您说这是什么？"波比说。

"就是水拱桥，"医生说，"快看。"

他们驾车到了桥头，左边是深深的悬崖绝壁，岩石缝里长满了灌木。到了这里运河不再沿着山顶奔流，而奔向了属于自己的这座桥。桥很大，高高的桥拱横跨了整个山谷。

波比深深地吸了口气。

"真是太宏伟了，对吧？"她说，"就像是《罗马史》里的画面。"

"太对了！"医生说，"的确跟那画面一模一样。罗马人非常沉迷于造水道桥。这真是一个伟大的工程。"

"我以为工程就是造火车呢。"

"当然有不同种类的工程，建桥、修路、造隧道算是一种，防御工事就是另一种了。好了，咱们该回去了。不过记住别再为医药费烦心或是弄得自己生病，否则我给你开的费用单可要和水道桥一样长了。"

波比和医生在高高的田野上分开了，田野上的大路一直通向"三个烟囱"。她并不感觉自己做错了什么，虽然知道妈妈肯定有不同的想法。她感到自己这次是对的，所以高高兴兴地爬下了山坡。

菲利斯和彼得发现她在后门，他俩异常的干净整洁，菲利斯头上还戴了个蝴蝶结。波比打扮了一番，在头上戴好了蝴蝶结后，小铃铛就响了。

"看这儿！"菲利斯说，"为你准备的惊喜，等铃铛再响一次，你就进餐厅。"

波比等着铃声。

"铛！铛！"铃声响了。波比非常羞涩地走进了餐厅。她一打开门就立马发现像是来到了一个新的世界，明亮的灯光、漂亮的花朵，还有美妙的音乐。窗帘拉上了，桌子上有十二支蜡烛，代表她今年十二岁，上面铺了花桌布，她身边还有一个大大的勿忘我花环和许多非常有趣的小袋子。妈妈、彼得和菲利斯在桌子的另一端站成一排，为她唱圣帕特里克日的第一节。她听到歌词换了，知道是妈妈特意为她生日写的小诗。从波比四岁开始，妈妈每年都会这样，那时菲利斯还是个小婴儿。她记得有次自己把

所有的小诗都背给了爸爸听，让他大吃一惊，心想妈妈肯
定也记得这事。四岁时妈妈为她写的小诗是这样的：

亲爱的爸爸呀，

我虽只有四岁，

但并不愿长大，

这是美妙的年龄，

是二加二、一加三，

我喜欢二加二，

妈妈，彼得，菲利斯和你，

我喜欢一加三，

妈妈，彼得，菲利斯和你，

给你们的宝贝一个吻，

因为她背了诗给你听。

现在他们唱的歌词是这样的：

我们亲爱的罗伯塔，

希望她永远没悲伤，

我们保护她远离它。

我们庆祝她的生日，

> 我们要让今天难忘，
>
> 为她送礼物，
>
> 为她高声歌，
>
> 希望她快乐，
>
> 好运伴随她，
>
> 天空为她蓝，
>
> 大家都爱她，
>
> 亲爱的波比，
>
> 我们祝福她，
>
> 年年都快乐！

唱完后他们都哭了，大声说："祝你生日快乐！"波比感觉自己也要哭出来——你一定知道鼻子发酸，眼睛胀痛的感觉，但没等她哭出来，大家已经拥过来开始亲吻她。

"好了，"妈妈说，"快来看看你的礼物吧。"

这些礼物非常漂亮：一个花花绿绿的插针垫，这是菲利斯私底下偷偷做的；一个可爱的银色小胸针，看起来像是朵金凤花，这本来是妈妈的，波比一直很喜欢，但没想到现在成了自己的礼物；一对蓝色玻璃花瓶，她在镇上的小商店里一看见这对花瓶就喜欢得不得了，这是维尼夫人送她的礼物。当然还有三张生日贺卡，上面有各种好看的图片和美好的愿望。

妈妈把勿忘我花环戴在了波比的头上。

"现在看看咱们的餐桌吧。"

餐桌上有一个蛋糕，白色的奶油上铺着粉色的糖果，这些糖果拼成了"亲爱的波比"，还有小面包和果酱。但是最让人陶醉的是餐桌上摆满了各式各样的鲜花——茶盘边上围着桂竹香，餐盘边上则围着勿忘我，蛋糕周围摆放着白色丁香花，餐桌的中间是由各种不同的花组成的一个图案，其中有丁香、桂竹香、金莲花等等。

"这是什么？"波比问。

"是地图，铁路地图！"彼得流着泪激动地说，"你看，这些丁香花就是铁轨，褐色的桂竹香是车站，金莲花是火车，这儿还有信号室和通向它的道路，红色大雏菊是咱们三个人，金莲花中的圆三色堇是老先生，咱们还向他挥手呢。"

"还有这些紫色樱草花是'三个烟囱'，"菲利斯说，"那个小小的玫瑰花蕾是妈妈，因为过了吃茶点的时间，她正在找咱们。这全部都是彼得设计的，花是从车站采来的，我们想你一定会喜欢。"

"看，这是我送你的生日礼物！"彼得说着，突然把自己最喜欢的玩具火车头放在了她的面前。火车头的煤水车里铺着鲜亮的白纸，还塞满了糖果。

"哦，彼得！"波比被彼得的慷慨大方感动了，哭着说，"你是要把自己最心爱的火车头送我吗？"

"哦，不是，"彼得赶紧说，"只送糖果，不送火车头。"

听了这话，波比的脸色不由得沉下来，当然并不是因为她没有得到火车头而感到失落，而是觉得自己把彼得看得太伟大了，好像自己有点傻。还有一点就是她觉得自己显得过于贪婪了，既想要火车头，又想要糖果。所以脸色出现了微妙的变化，但这被彼得看到了。他犹豫了一会儿，然后脸色也沉了下来，接着他说："我的意思是不把整个火车都送你，如果你想要就送你一半好了。"

"你真是太好了，"波比哭着说，"这礼物棒极了。"她的声音轻下来，但心里却说："彼得说话可真够体面的，其实他并不想给我。那好吧，把坏的那一半给我，等到他生日，我修好了再还给他。""妈妈，可以切蛋糕了吧。"她又说，然后大家就开始吃茶点了。

这是一个美好的生日。喝过茶后，妈妈陪他们玩了各种他们喜欢的游戏，当然他们首选的游戏是捉迷藏，玩得波比头上的勿忘我花环都倾挂在了一只耳朵上。一会儿到了睡觉的时间，是该安静下来了，妈妈给他们读了一个有趣的故事。

"妈妈，你不会又要工作到很晚才睡觉吧？"当他们和妈妈道晚安时，波比问道。

妈妈说不会睡得很晚，给爸爸写封信就睡觉。

因为波比觉得和这些礼物分开一分一秒都舍不得，所以后来就爬下床去取礼物了，却发现妈妈没有写信。她的胳膊放在桌上，头枕在胳膊上。波比悄悄地回去了，还不断地告诉自己"她不想让我知道她不高兴，我就不该知道，不该知道"。我想波比是对的，但是这样一来，生日却以悲伤结了尾。

第二天一大早，波比就试图找机会开始偷偷地修彼得的火车头，很快这天下午就迎来了一个大好时机。

妈妈要坐火车到离家最近的镇上购物，每次去那儿，她都会到邮局，可能是给爸爸寄信，因为她从不让孩子们和维尼夫人去替她寄，而且也从不去村子里寄。彼得和菲利斯要跟妈妈一起去，波比想找个合适的理由不去，可怎么都想不出来。正当她绞尽脑汁想对策时，她的罩裙钩住了厨房门上的钉子，裙子前面被扯开了一个大口。我敢保证这完全是个意外，她不是故意的。因为大家要赶到车站坐火车，没有时间让她换衣服，所以把她留在了家里，大家都为此感到遗憾。

大家走后，波比换上了平日里穿的罩裙，然后下山去了铁路。她没有进车站，而是沿着铁轨走到了站台尽头，下行车停站时，火车头正好在这儿。这里有水槽，还有长长的软皮管，就像是大象的鼻子。她胳肢窝下夹着用牛皮纸包着的火车头，躲在铁路另一边的灌木丛后静静地等待着。

当下一辆火车开进来停下后，波比穿过了上行铁轨，站在了火车头旁边。她从来没有这么近距离接触过火车头，这比她想象的要更大更坚硬，顿时她感觉自己非常渺小，非常柔弱，好像自己很容易就会受到严重伤害。

"现在我知道蚕是什么样的感觉了。"波比心里想。

火车司机和锅炉工没有看到她，因为他们正倚在火车的另一边，给搬运工讲一个关于狗和羊腿的故事。

"对不起，打扰了。"波比说，但是火车喷着气，没有人听到她说话。

"对不起，司机先生！"她提高嗓门，但就在波比开口说话时，火车鸣笛了，所以波比细微的声音又被掩埋了。

似乎唯一的办法就是爬到火车头上，拽拽他们的衣服。火车的台阶很高，她只能跪在台阶上慢慢向上爬，终于爬到了驾驶舱。可是在通向煤水车的四方门口那儿绊了一下，倒在了煤堆前。这火车和它的伙伴们有同样的缺点，就是总制造出毫无必要的噪音。就在罗伯塔摔倒时，司机正好转过了身，没能看到她。于是他开动了火车，当波比站起来后，发现车已经开了，而且速度很快，她根本没法下车了。

就在这一瞬间，她的脑子里闪过了各种可怕的念头。她想快车一般开个几百里才会停下来，如果这车就是快车怎么办，该怎么回家呢，没有钱怎么买返程票。

"我无缘无故偷偷跑上火车，"她想，"他们一定会把我关起来。"火车开得越来越快了。

她感觉喉咙里好像被什么东西堵住了似的说不出话来，然后试了两次。他们都背对着她，像是在扳动一些旋塞。

突然她伸出手，拽了一下离自己最近的衣袖。那个人转过身时吓了一跳，然后两人默默地凝视了对方一会儿，接着同时打破了沉寂。

那人说："糟糕！"波比却开始号啕大哭。

另一个人也说糟透了，或是这类的话，但令人惊讶的是他们并不凶。

"你真是个淘气的女孩。"锅炉工说。

但司机说："你这小不点真可爱。"他们让她坐在了驾驶舱里的铁板凳上，叫她不要哭，并让她说说到底怎么回事。

她立马不哭了，因为想到彼得肯定迫切希望她讲述自己的经历，这回她可算是坐了真正开着的火车头。孩子们常常想，会不会有好心的司机肯带他们去坐坐火车头，现在她居然撞上了这样的机会。她虽然擦干了眼泪，但还在不停抽泣。

"好了，"锅炉工说，"现在就给我们讲讲到底怎么回事？"

"哦，对不起。"波比抽泣着，感觉自己说不了话。

"来，说说吧。"司机鼓励着她。

波比又试着说话。

"对不起，司机先生，"她说，"我在铁路上时就叫过你们了，但你们没有听到，所以想上来拽拽你们的胳膊，当然是轻轻地拽，让你们知道我在叫你们。可我却摔倒在煤堆上，如果惊吓到你们，我感到很抱歉，请别生气，一定别生气！"她又开始抽泣。

"我们倒不生气，"锅炉工说，"只是感到非常奇怪，不是每天都会有女孩从天而降，掉在我们的煤堆上，对吧，比尔？那你到底想干什么呢？"

"对，问题就在这儿，"司机表示赞同，"你到底想干什么呀？"

波比没法完全停下不哭，司机这时轻轻拍了拍她的后背，说："伙计，高兴点，别哭了，我保证事情没有那么糟。"

"我想，"听到司机先生叫她"伙计"，她高兴多了，说道，"我只想问问你们是不是能帮我修好这个。"说着她从煤堆上捡起牛皮纸包，用发红发烫的手指头颤巍巍地解开了绳子。

她感觉自己的腿脚快要被车里的煤炉烤焦了，而背上吹来的一阵阵寒风，让她感到锥心刺骨。火车头摇摇晃晃，还咯吱咯吱地响。从桥下经过时，她感觉火车头在对着她的耳朵尖叫。

锅炉工在铲着煤。

波比打开牛皮纸包，取出了玩具火车头。

"我想，"她满怀希望地说，"也许您能帮我修好，因为您是火车司机呀。"

司机说绝不像她说的那样了不起。

"哎呀，她才不恭维我呢。"锅炉工说。

不过司机还是拿起小火车头看了看，锅炉工也放下煤铲过来看。

"看来你是在恭维我了，"司机说，"可你怎么会想到我们能修这小玩具呢？"

"我没有恭维您，"波比说，"只要是和铁路沾边的人都非常和蔼，我想您不会不高兴的，您不会生气对吧？"因为看到他们交换了眼神，似乎并无恶意，她又说了一句。

"我的工作是开火车，不是修火车，况且是微型小火车。"比尔说，"现在我们该怎么把你送回去呢，你的家人和朋友一定担心坏了，怎么才能让你的家人原谅我们，不生我们的气呢？"

"你可以把我放在下一站，"波比很坚定地说，但自己的心却扑扑乱跳，她握紧自己的双手试图掩饰内心的慌乱，"您能借给我点钱吗，够买三等车厢的票就行，我发誓会还给您的，我不是报纸上说的那种诈骗犯，真的，绝对不是。"

"你是个十足的大家小姐，"比尔说，突然他非常可怜波比，"我们会把你安全送回家的，至于这个火车头嘛——吉姆——你有什么朋友是焊铁的吗，我觉得稍微焊接一下就好了。"

"啊，爸爸也是这么说的。"波比马上插话道。"那是干什么的呀？"比尔在和她说话时，转动了一个小铜轮子，波比问道。

"注水器。"

"什么？"

"注水器，把水注入到锅炉里。"

"哦，"波比拼命记住它，好讲给别人听，"真有趣。"

"这是自动制动器，"比尔看她这么来劲，自己也来劲了，"你只要扳动这个小手柄——一个小指头就行，就能马上停住火车。这就是报纸上说的科学力量。"

他还让波比看了两个小刻度盘，就像是钟表，并告诉她一个显示蒸汽产量，另一个显示制动器是不是在正常工作。

波比看到他扳动了一个闪亮的钢制大手柄后，蒸汽就被关掉了，此时她对火车内部的情况已经知道得比她开始想要知道的还要多了。吉姆也答应她让他二表弟妻子的弟弟把火车头焊接好，或者他会弄清楚火车到底怎么坏了。

波比除了收获不少知识外，还感到自己和这两个好心人如今已经是朋友了，他们肯定也完全原谅了她不请自来，还摔倒在那些神圣的煤堆上。

到下一站后，波比和他们互相亲密地道了别。波比被托付给了返程车的列车员，这是他们的好朋友。在回程的路上，波比又知道了列车员在乘务室里干什么，同时知道了拉动车厢里的警报索时，列车员的脸前就会有一个轮子开始转动，耳朵里还有震耳的铃声。她还问列车员为什么火车里有一股鱼腥味道，列车员告诉她说是因为火车每天都要运送好多鱼，而且装满鲽鱼、鳕鱼、鲭鱼、鳗鱼、香鱼的箱子溢出了水，所以地板的凹处总是湿乎乎的。

波比在吃茶点前回到了家，她觉得和大家分开后自己脑子里的东西都要溢出来了，并对刮破自己罩裙的那颗钉子充满了万分感激。

"你去哪儿了？"大家问。

"当然是到火车站了。"波比说，她一直对自己的经历守口如瓶，但直到有一天约好，在三点十九分火车经过时，她神秘地把他们带到了火车站，得意地把自己的朋友比尔和吉姆介绍给了他们。吉姆二表弟妻子的弟弟也没有辜负她的希望，火车头完好如初了。

"再见——再见——"火车鸣笛"道别"时，波比说，"我永远爱你们——还有吉姆二表弟妻子的弟弟！"

三个孩子上山回家，彼得抱着火车头，现在整个火车又是他的了。波比欣喜激动地给他们讲述了自己是怎么免费上了火车头的。

第五章　囚犯

　　有一天妈妈独自一人去了少女桥，孩子们要去火车站
接她。他们三个太喜欢火车站了，所以在妈妈乘坐的火车
到达的前一小时就来到这里。当然这是说火车准点到达的
情况，不过准点几乎是不可能的。即使天气很好，树木、
田野、岩石还有河流都快乐地向他们招手，他们还是会很
早就到这里。但因为进入六月，这天还下着雨非常冷。一
阵狂风把黑压压的云朵吹过天空，这乌云可真像菲利斯
说的象群。大雨磅礴，所以他们一路跑着到了火车站，雨
越下越大、越下越急，敲击着售票厅和那阴冷的候车厅的
窗户。

　　"这就像是一座被围攻的城堡，"菲利斯说，"看敌

人在用箭猛击我们的城垛！"

"它更像是花园里的喷射水龙头。"彼得说。

他们决定一会儿在上行车的一边等，因为下行车那边的站台太湿了，雨水直接打进了旅客们等待下行车的黑色小候车厅。

这一个小时里可能会发生很多有趣的事，因为在妈妈的火车来之前，他们会看到两辆上行车和一辆下行车。

"到那会儿雨可能就停了，"波比说，"但不管怎么说，我非常高兴给妈妈带来了雨衣和雨伞。"

他们进了候车厅，开始玩"广告游戏"，时间很快就过去了。当然你一定知道这个游戏，就和"哑声猜词游戏"差不多。玩游戏的人都要轮流出去，然后回来时尽量装得像一幅什么广告，让其他人猜这个广告是什么。波比进来后撑开妈妈的雨伞，拉长了脸，大家都知道她这幅广告是一只撑伞的狐狸。菲利斯想用妈妈的雨衣来充当魔毯，但它太柔软，不能够拉挺，不像魔毯那么平坦，所以没有人能猜出来。彼得用煤灰把脸涂黑，装成了蜘蛛的样子，说他是蓝黑墨水广告的一个墨水渍，大家都觉得他扮得太不像了。

又轮到菲利斯了，她想扮成招徕大家到尼罗河去旅游的广告上那个人面狮身像，但就在这时，铃声发出了刺耳的声音，通知上行车到站了。孩子们跑出去看它开过，火车头上是孩子们最要好的朋友——司机和锅炉工。他们互相问了好。吉姆还询问了彼得的火车头怎么样了，波比塞给他一包湿乎乎滑溜溜的东西，这是她自己做的太妃糖。

司机看到他们来看望自己，觉得很高兴，并同意考虑她的请求，说哪天也带彼得坐坐火车头。

"退后，朋友们，"司机突然大喊道，"车要开了。"

确实火车开动了，孩子们一直看着尾灯，直到它渐渐地消失在铁轨的转弯处，然后又回到满是灰尘的候车厅，接着享受游戏带来的乐趣。

他们本以为排着长队的旅客都交票出站了，可能最多就能看到排尾的几个人，但是站台上靠车站门的地方黑压压的一片，挤满了人。

"哦！"彼得这时非常高兴、又非常激动地大叫道，"肯定发生什么事了，快来看。"

他们跑到了站台，不过除了看到人群外围黑黑的后背和胳膊肘外，什么都看不到。大家都在说着什么，一定发生了什么事。

"我看他就是一个傻子。"一个农夫样子的人说道，彼得看这个人的脸红红的，很干净，没有邋遢的胡须。

"依我说，该把他送到警察局。"一个背着黑包的年轻人说。

"不对，还是送医院比较好。"

这时彼得听到站长说话了，他的态度很坚定，并奉公职守地说道："好了，大家请让开些，我来处理这件事。"

但是人群并没有动的迹象，接着传来了一个声音，这彻底让孩子们兴奋起来。因为这个人说的是外语，而且是他们从来都没听过的语言。他们听过法语和德语，艾玛姨妈会说德语，还唱过一首德语歌，里面提到了bedeuten（意思是）、Zeiten（时代）、bin（我是）、Sinn（感觉）。那人说的也不是拉丁语，彼得曾经学过四个拉丁语单词。

不管怎样，人群里没有人懂外语，大家都彼此彼此，这让孩子们的心里多少舒坦些。

"他说的是什么呀？"那个看着像农夫的人厉声问道。

"我听着像是法语。"站长说道，他曾经去过法国的布洛涅。

"不是法语！"彼得大声喊道。

"那是什么？"不止一个声音问道。大家都稍稍扭了一下身子，想看看是谁在说话，彼得顺势挤到了前面，所以人群再次合拢时，他已经到了第一排。

"我不知道是什么，"彼得说，"但是肯定不是法语。我知道法语怎么说。"这时彼得看到人群中间有一个人，他十分确定就是这个人说出了古怪话。这人头发很长，从他的眼睛看得出他十分着急，衣服破破烂烂的，彼得从没见过这种衣服，他的嘴唇和双手颤抖得厉害，当他再次开口说话时，目光投向了彼得。

"不，绝对不是法语。"彼得说。

"如果你会说法语，给他说上几句试试。"那个农夫说。

"Parlay voo Frongsay（你会说法语吗）？"彼得大胆地说道，接下来人群再次让开了些，因为那个着急的男人不再倚着墙，而是突然窜到了彼得面前，拽着他的手，开始滔滔不绝地说话，虽然彼得完全不知道词的意思，但是能听得出词音。

"对了！"此时那个穿着破烂又奇怪的人依然紧握着他的手，他得意扬扬地转过身给大家说，"对，是法语。"

"他说了什么？"

"我也不知道。"彼得很坦率地说。

"好了，"站长再次发话，"大家请让开些，我会处理这件事的。"

一些胆小的和不太好奇的旅客很不情愿地慢慢散了。波比和菲利斯走到了彼得身边，他们三个在学校都学了点法语，但现在他们多么希望当初学得好点啊！彼得对着这个奇怪的人摇了摇头，但尽量热情友善地看着他，握着他的手。人群中有一个人犹豫了一会儿，突然说："莫名其妙！"然后涨红了脸，退出人群离开了。

"带他到您的屋子里吧，"波比悄悄地给站长说，"我们的妈妈会说法语，她坐从少女桥来的车，就是下一趟。"

站长突然拉起了陌生人的胳膊，动作还算温柔，但是这个人却猛地把胳膊抽走，然后缩了回去，还不断地咳嗽打颤，试图把站长推开。

"哦，别这样！"波比说，"您难道看不出他有多么害怕吗？他担心您会把他关起来，看看他的眼睛，我知道他在想什么。"

"他的眼神就像是掉进陷阱里的狐狸。"农夫说。

"让我试试吧！"波比接着说，"只要想想，我还是能说上几句法语的。"

有些时候，平日里我们做梦都做不到的事情，一到关键时刻，却能把它做好。

波比在班里的法语成绩不算好，但多少还是学了点。现在看着这充满焦虑和警惕的眼神，她还真的想起了一些法语，接着脱口而出："Vous attendre. Ma mere parlez Francais. Nous（您听着，我们的妈妈会说法语，我们对您）——法语的'好'怎么说呀？"

　　没有人知道。

　　"Bong就是好的意思。"菲利斯说。

　　"Nous etre bong pour vous（我们对您好）。"

　　我不知道这个人是不是明白她的话，但他明白波比把一只手伸过来握住他的手是什么意思，也能感到抚摸着他破衣袖的另一只手给他带来的亲切。

　　她很温柔地把他带到了站长的"圣庙"里，其他的孩子跟在后面。站长并没有管跟来的人群，接着就把门关上了。关在门外的人在售票处站了一会儿，看看紧闭的黄色大门抱怨了几句，然后就全部散了。

　　在站长的屋里，波比还是一直握着这个人的手，轻抚着他的破衣袖。

　　"真糟糕，"站长说，"没有车票连他想去哪儿都不知道，我在想要不要送他去警察局呢。"

　　"哦，别这样！"孩子们立马一起哀求道。波比突然插到了大家和这个陌生人的中间，因为看到他哭了。

　　真幸运，口袋里还有一条手帕，更难得的是这条手帕还是干净的。她站在他的前面把手帕递了过去，以免让大家看见。

　　"等妈妈来吧，"菲利斯说，"她的法语真的很棒，您一定会高兴的。"

　　"我敢肯定他不会做什么坏事，也不值得您送他去监狱。"

　　"看起来我也没什么好办法了，"站长说，"在你们妈妈来之前，我暂且当他没干过坏事吧。况且我想知道他是哪个国家的人。"

　　彼得这时想到了一个好办法，他从自己的口袋取出了一个信封，几乎半个信封都装着其他国家的邮票。"看这儿，"他说，"咱们让他看邮票。"

　　波比看到这个陌生人用自己的手帕擦干了眼泪，然后说："这就对了嘛。"

　　他们给他看一张意大利的邮票，指指他，又指指邮票，动了动眉毛表示在问他问题，但他摇了摇头。然后又指给他看挪威的邮票，是一张普通的蓝色邮票，他还是摇了摇头。接着给他看西班牙的邮票，但他从彼得的手里拿过了信封，自己颤颤微微地在这些邮票里翻找。最后他伸出手，做了一个要回答问题的姿势，手里握着俄国的邮票。

"他是俄国人，"彼得大声喊道，"或者说他很像住在吉卜林的人，这你知道的。"

　　从少女桥来的火车传来了到站的信号。

　　"我在这儿陪他，你们去接妈妈。"波比说。

　　"你不害怕吗，小姐？"

　　"不害怕，"波比说着看了看这个陌生人，就像是看一个满脸疑惑的陌生小狗，"你不会伤害我的，对吧？"

　　她冲他微微一笑，他也冲她一笑，一个奇怪的苦笑，接着他又笑了笑。火车拖着沉重的步伐，伴随着车厢间的碰撞声和掠过的呼呼风声，慢慢驶进站来。彼得、菲利斯和站长接了妈妈，等他们回来后，波比依然握着陌生人的手。

　　这个俄国人站起来，很有礼貌地向妈妈鞠了躬。

　　妈妈用法语问他问题，他回答，开始还有点犹豫，但后来句子慢慢地长起来了。

　　孩子们从妈妈和他的脸上能看出来，他在告诉妈妈一些事情，她为此又是生气、愤怒，又是感到抱歉和惋惜。

　　"好了，他说了什么？"站长再也无法压抑自己的好奇了。

　　"哦，"妈妈说，"他的确是俄国人，丢了自己的火车票。我担心他病得厉害，如果您不介意我想现在带他一起回家，他现在非常疲惫，我明天会过来告诉你所有事情。"

"我希望您这不是引蛇入洞。"站长满心怀疑地说。

"不，不，"妈妈笑着说，"我非常确定，因为他在自己的国家非常著名，写过很多好书，我还读过一些呢，我明天会告诉您事情的来龙去脉。"

她又给这个人说了几句法语，大家都看到这个人的眼睛里充满了惊喜、快乐和感激，他站起来向站长鞠了躬，并且很有礼貌地把自己的胳膊伸向了妈妈。她挽上了他的胳膊，但是大家都可以看出来，其实是她在扶着他走。

"女孩子们，快点跑回家把客厅的蜡烛点上，"妈妈说，"彼得，你最好去找个医生过来。"

但结果是波比去找的医生。

"我不得不告诉您，"波比跑到医生家里，看到他穿着衬衫正在种三色紫罗兰，她气喘吁吁地说，"妈妈收留了一个穿着破烂的俄国人，我敢确定他要加入你的俱乐部了，因为他肯定没有钱，我们是在车站发现他的。"

"发现他！难道他迷路了？"医生一面问一面伸手拿大衣。

"是的，"波比突然说，"您说的没错，他告诉妈妈自己在法国经历的酸甜苦辣。妈妈说如果您在家的话，能不能这就去一趟，因为他咳嗽得厉害，一直在哭。"

医生笑了。

"哦，别笑，请您别笑了，"波比说，"您要是看到他就不会笑了。我从来没有见过男人哭，您真想不出是什么样子。"

弗罗斯特先生后悔自己笑了。

当波比和医生到"三个烟囱"时，俄国人正坐在爸爸的扶手椅上，把腿伸向热腾腾的火炉烤火，喝着妈妈给他泡的茶。

"这人看上去真的是身心俱疲，"医生说，"他咳得很厉害，但是没什么有效的药物可以治愈，让他烤着火好好睡一觉吧。"

"我铺张床让他睡我的屋子里，只有这个房间有炉子。"妈妈说着就收拾好了，然后医生帮忙让这陌生人躺好。

妈妈的房间有一个黑色的大行李箱，孩子们从没见她打开过，但是现在她点上蜡烛，把它打开了，从里面取出了几件衣服——是男人的衣服，把它们挂在了刚生好的炉子旁边。波比抱来了更多的柴火，这时她看到了男式睡袍上有个名字，接着又看了看打开的箱子，里面全部是男士衣服，而睡袍上的名字就是爸爸的名字。爸爸没有带衣服，那件睡袍也是新的，因为她记得那是彼得生日前刚做的，他为什么不带衣服呢？她溜出房间，出去时听到妈妈又把箱子锁上了，她的心怦怦直跳。爸爸为什么不带衣服呢？等妈妈从房间里出来时，她扑上去紧紧抱住了妈妈的腰，悄悄问道："妈妈，爸爸他——爸爸他死了吗？"

"不，宝贝，你怎么会有这种可怕的想法呢？"

"我——我也不知道。"她恨自己说这话，但始终摆脱不掉这个想法。妈妈不让她再想这件事，可她做不到。

妈妈很匆忙地抱了抱她，说："我听说爸爸最近很好，过些日子就会回来看咱们了，宝贝，不要想这些可怕的事。"

过了一会儿，等到陌生人睡熟后，妈妈来到了女孩们的卧室，她今晚要睡在菲利斯的床上。菲利斯睡在地板的床垫上，她觉得好玩极了。刚进房间，妈妈就被两个白影子吓了一跳，她们急切地叫道："妈妈，快给我们讲讲那位先生的事吧。"

接着另一个白影子进来了，这是彼得，他把被子拖在身后，像是白孔雀的尾巴。

"我们一直耐心地等着，"他说，"为了不让自己睡着，我不得不咬自己的舌头，刚刚快睡着时，狠狠地咬了一下，疼得很呢。给我们讲个故事吧，要长一点的。"

"今天讲不了长点的故事，"妈妈说，"我太累了。"

波比能听出来妈妈刚才哭过了，但是他们两个不知道。

"讲吧，越长越好。"菲利斯说。波比搂着妈妈的腰，依偎着妈妈。

"好了，这个故事长得都可以写本书了。他是个作家，写的书都很棒。俄国在沙皇的统治下，没有人能说富人所做的坏事，也没人敢说些话设法让穷人过得好点，说了就会被关进监狱。"

"不能这样做，"彼得说，"人们只有做错事了才会被关进监狱了。"

"可法官认为他们做错了事，"妈妈说，"当然在英国不会这样，但那是在俄国。他写了一本非常好的书，是关于穷人和怎么帮助穷人的。我曾经读过这本书，里面充满了仁义和善良。接着他就被关进了监狱，在阴暗、潮湿、可怕的地牢里待了三年，而且是孤零零的一个人。"

妈妈的声音有点颤抖，接着突然停了下来。

"但是妈妈，"彼得说，"现在不可能有这种事，听着像是历史书上的事——宗教法庭什么的。"

"是真的，"妈妈说，"确实是真事。后来从地牢出来后，他被充军到了西伯利亚，犯人和犯人用锁链锁在一起，有很多犯人是无恶不作的，他们被锁在长长的锁链上，不停地走呀走，一天又一天，一周又一周，他以为永远都不会停下了。看管他们的人每天拿着鞭子在后面走着，如果他们累了就抽打他们。一些人瘸了，一些人累倒了，但要是起不来就会遭受鞭打，然后被丢弃在路上等死。太可怕了！最后他终于走到了矿山，被判处终身待在那里——待上一辈子，就因为写了一本崇高的、了不起的书。"

"那他怎么跑掉的呢？"

"一战爆发了，他们让一些俄国犯人去打仗。他到了军队里，一有机会就——"

"那不是胆小吗，"彼得说，"尤其是打仗时候逃跑。"

"政府这么对他，他为什么还要卖命？他要是打仗，对不起的是他的妻子和孩子。他并不知道妻子和孩子怎么样了。"

"哦，"彼得大声喊道，"他在监狱里还要想着他们，为他们难过吗？"

"对，他在监狱里一直都在想着他们，为他们难过。因为他认为他们也被关进了监狱，在俄国就是这样的。可是在矿山的时候，有人告诉他说他的妻子和孩子都逃走了，来到了英国，所以他才离开部队，来这里找他们。"

"那他有地址吗？"彼得很实际地问道。

"没有，只说是英国。他本来要去伦敦的，要在咱们的车站换车，但是发现车票和钱包被偷了。"

"你觉得他能找到他们吗？我说的是他的妻子和孩子，不是车票和钱包。"

"我真心地祈祷，希望他能够找到自己的家人。"

现在连菲利斯也能感觉到妈妈的声音在颤抖。

"妈妈，"菲利斯说，"为了他你真的很难过！"

妈妈停了一会儿没有回答，接着只说了声："是的。"她看上去就像个正在思索问题的孩子，一声不响。

最后她说："宝贝们，在你们祈祷的时候，我想你们可以请求上帝怜悯所有犯人。"

"请求上帝怜悯所有犯人，"波比慢慢重复着妈妈的话，"是这样吗，妈妈？"

"是的，"妈妈说，"祈求上帝怜悯所有的犯人，所有的犯人。"

第六章　抢救火车

　　第二天这位俄国先生好了点，第三天又好了点，到了第四天已经能去花园散步了。孩子们给他搬了一把柳条椅，他穿着爸爸的衣服坐在上面。开始衣服穿上太大了，但妈妈把袖子和裤腿折了些缝上后，就很合身了。他看起来不再那么疲惫恐惧了，不论什么时候，孩子们都能看到他脸上洋溢着友善和快乐的笑容。

　　他们非常希望他能说英语，妈妈想遍了这位俄国先生的家人可能会在英国的哪些地方，然后一一写信给这些地方的人。她不是写信给来"三个烟囱"前认识的那些人，也从不给那些人中的任何一个人写信，而是写给不认识的人：国会议员、报纸编辑和社会团体的秘书。

她很少写故事了，而是和这位俄国先生坐在太阳底下，边看校样，边聊天。

孩子们很希望向这位因为为穷人说了话而被关进监狱并被充军到西伯利亚的人，表达他们的友好。当然对他微笑是个好办法，他们也确实这么做了。但是也不能总这么笑，因为这种死板的笑让人不得不联想到土狼，这看起来不是友善，而是愚蠢。所以他们尝试了其他办法，那就是送花，直到这位先生坐的地方四处围满了一束束的三叶草、玫瑰花和风铃草。

不多久，菲利斯有了个主意，她神秘地把大家召集到了一个非常隐蔽的地方，就在后院的抽水机和大水桶之间，她说："你们记得帕克斯曾经答应我说，等他花园里的草莓熟了就送给我吧。我想草莓现在应该熟了，咱们下山看看吧。"

妈妈下山去车站了，因为她答应站长要告诉他这个俄国囚犯的故事。但即使是铁路的魅力，也无法把三个孩子的注意力从这位有趣的陌生人身上转移，他们已经三天没有去车站了。

他们现在要去了。

但是令他们吃惊苦恼的是，帕克斯对他们非常冷淡。

"真是我的荣幸呀！"当他们探头到搬运工的屋子里

时，他说道，然后又继续读报纸。

寂静得叫人不舒服。

"哦，亲爱的先生，"波比叹着气说，"您肯定生气了。"

"什么？我生气？我才不会生你们的气！"帕克斯高傲地说，"跟我有什么关系呀。"

"什么跟您没关系呀？"彼得又着急又害怕，也忘了换一换说话的方式。

"没关系就是没关系，也不管在哪儿发生了什么，"帕克斯说，"如果你们爱保守秘密就尽管保密吧，好极了。这就是我要说的。"

在接下来的沉默中，每个人把自己心里的秘密匣子打开迅速检查了一遍，脑子都要想晕了。

"我们没对您隐瞒什么呀？"最后波比说道。

"有也好，没也罢，"帕克斯说，"反正和我没关系，祝你们下午玩得愉快。"他接着看报，还挡住了脸。

"哦，别这样！"菲利斯绝望地说，"真是太可怕了！不管是什么事，您就告诉我们吧！"

"不管是什么事，我们都不是存心的。"

帕克斯没有吱声，又折了一下报纸，开始看另一版。

"好吧，"彼得突然说，"这不公平，即使是犯了罪的人，也该告诉他做错了什么才能判刑吧，连俄国都是这样。"

"我对俄国一概不知。"

"不，您知道，妈妈特意下山告诉你和吉尔斯先生，关于我们家那位俄国先生的事。"

"你们难道不知道吗？"帕克斯有点生气，"难道站长会请我到他的房间里坐下，听太太讲话吗？"

"您的意思是说您不知道？"

"一点都不知道。我是去问过站长，但他看到我就像是老鼠见了捕鼠夹，把我关在了门外。他还这样对我说：'这是国家机密，帕克斯。'我想你们三个一定会下来告诉我的，可你们需要什么了才想起老帕克斯，这倒是反应很快了。"菲利斯一想到自己来要草莓，唰得一下脸红了。"哎，不是你们想知道关于火车头或信号室的时候了。"帕克斯说。

"我们可不知道您不知道呀。"

"我们以为妈妈已经告诉您了。"

"我们要告诉您的只是一些人没有说过的新闻。"

三个人同时说话。

帕克斯说三个人都会自圆其说，所以还是在拿着报纸看。突然菲利斯抢走了报纸，然后把胳膊架在了帕克斯的脖子上。

"哦，让我亲亲您，咱们还是好朋友，"她说，"如果您愿意，我们先给您道个歉，但我们的确不知道您还不知道这件事。"

"真的很抱歉。"另外两个孩子说。

最后帕克斯终于同意了接受他们的道歉。

接着，孩子们把他叫到外面，坐在铁路旁，沐浴着阳光，抚摸着暖烘烘的绿草地，给他讲述了这个俄国囚犯的故事，他们有时一个一个讲，有时一起讲。

"好了，我必须说……"帕克斯说。可什么也没说出来。

"很可怕，对吧？"彼得说，"我相信您当时一定很好奇那个俄国人是干什么的。"

"我倒不想知道，只是感兴趣。"搬运工说。

"吉尔斯先生本应该告诉您的，他可真小气。"

"我并没有怪吉尔斯先生，小姐，"搬运工说，"为什么呢？因为我知道他这么做是有原因的。他不会因为听了这个人的故事就放弃自己的政治立场。人们本该对此有怜悯之心的，但由于政治派别的不同，反而并不会同情谁，人们本性并不冷酷无情。现在无论什么情况都应该坚持自己的政治立场，这就是党派政治存在的意义。如果把那个长头发的俄国人换成一个日本人，我会和站长做出同样的事。"（站长支持俄国当局，这个俄国人的事是给俄国当局的负面新闻，所以站长不提，搬运工支持日本当局，如果换作是日本人带来了日本当局的负面新闻，搬运工也会缄口不说。）

"但是日本人并没有做出那么残忍可恶的事情呀。"波比说。

"也许做了呢，"帕克斯十分谨慎地说，"反正不能肯定外国人都做些什么，不过我相信天下乌鸦一般黑。"

"那您为什么还支持日本呢？"彼得问道。

"你也知道必须要有一个政治立场，要么这个，要么那个，就像是自由党和保守党一样，你需要支持其中一方，而你要做的就是不管发生什么，坚持你的政治立场就行了。"

信号响起来了。

"三点十四分的上行火车来了，"帕克斯说，"你们先趴下点等它过去，然后咱们一起去我家，看看是不是像我告诉你们的那样——有些草莓熟了。"

"如果熟了，你一定要给我一些，"菲利斯说，"你不会介意我把草莓送给那个可怜的俄国人吃吧？"

帕克斯眯起眼睛，翘了翘眉毛。

"这么说你们下午来这儿就是为了草莓呀？"他说。

这让菲利斯陷入了两难的局面，说"是"吧，对帕克斯即不厚道又没礼貌，显得自己还很贪婪，说"不"吧，想想过后自己会不安心，所以她说："是，是为了草莓。"

"好呀，"帕克斯说，"说真话了吧，真不脸红。"

"但是如果我们知道您还没听说这事，肯定在事情发生那天就来告诉您了。"菲利斯赶紧又补充了一句。

"好吧，我相信你了，我的小姐。"帕克斯说着，在开来的火车前面六英尺的地方跳过了铁路。

女孩们并不喜欢看到这一幕，但彼得兴奋极了。

俄国先生吃到孩子们的草莓非常高兴，他们绞尽脑汁给他带来惊喜。但是想来想去，觉得最有新鲜感的还是野樱桃了，这是第二天早上才想到的。他们曾经看到春天树上开花，现在应该是结果的时候了，所以知道去哪儿找野樱桃。树都长在隧道口的岩石坡上，这里有各式各样的树，桦树、山毛榉、小橡树和榛树，而樱桃花像是银色的雪花闪耀在这些树丛间。

从"三个烟囱"到隧道口有段距离，所以妈妈让他们用篮子带上了午饭，而且如果找到野樱桃，还可以放在篮子里带回去。妈妈还把自己的银制手表给了他们，让他们在吃茶点前赶回家，因为彼得的手表自从掉进水桶后就不走了。接着他们就出发了，站在路堑的顶端，倚着栅栏向下看铁路，菲利斯说那儿看上去就像峡谷底。

"如果不是有铁路在下面，感觉就像从来没有人到过那儿。"

路堑两边的灰色石头被劈得十分粗糙，路堑的顶部还是原来的小山谷，只是为了和隧道口齐平，被凿得深些。花草从石缝中窜了出来，鸟儿播撒在石缝里的种子生根发芽，长成了像是悬在路堑上的茂密树林。靠近隧道那儿，有一排楼梯通向下面的铁路——只是随意插进水泥里的粗木棍——又陡又窄，倒像是梯子而不是楼梯。

"我们最好下去，"彼得说，"我觉得在楼梯阶上肯定很容易就能采到，你们还记得咱们就是在那儿采到樱桃花后，放在了小兔子的墓堆上。"

于是他们沿着栅栏来到了这些阶梯顶端那晃悠悠的小门。就在快到小门时，波比突然说："快停一下！看呀，那是什么？"

确实有奇怪的声音，很轻，但是透过树枝间的风声和电线的嗡嗡声还是能听得很清楚，那是一种沙沙声。他们侧着耳朵仔细听，那声音停了一下，但不一会儿又响了起来。

这一次，沙沙声没有再停下来，反而越来越大。

"快看，"彼得大声叫道，"快看那棵树！"

他指着一棵长满灰色粗糙树叶的树，上面还开满了白花。樱桃摘的时候是鲜红色，但是如果拿到家后，你就会很失望，因为它们会变成黑色。正当他指着这棵树时，它突然动了，不是因为有风吹，而是整棵树都动了起来，好像就是一个大活人那样，正在沿着路堑移动。

"它在动呢！"波比大叫道，"快看，别的树也动了，就像《麦克白》里面的森林。"

"是魔法，"菲利斯有点喘不过气来地说，"我一直都觉得铁路被施了魔法。"

这看起来还真是有点像魔法。因为路对面有大约二十码的树似乎都在慢慢地向铁路走去，而那棵长满灰色叶子的树走在队伍后面，就像是一位老牧羊人赶着绿色的羊群。

"那是什么？哦，那是什么？"菲利斯说，"太像魔法了，我不喜欢，咱们回家吧。"

波比和彼得赶紧靠在了栅栏上，屏住呼吸看着。但菲利斯面向着回家的路，一动也不动。

那些树一直往前走呀走，一些石头和松土落在了下面的铁轨上，不断发出嗒嗒的声响。

"它们都朝下面去了。"彼得这时欲说无声了，确实正如他所说的那样，那些游走的大树旁边，原来一大块立着的岩石也开始慢慢向下翻滚，接着大树停了下来，似动非动地和这块巨石彼此间相互依靠了一下，仿佛在犹豫什么似的。不一会儿，巨石、青草和大大小小的树木全部从路堑的斜坡上飞了出去，砸在了铁轨上，那一声巨响远在半英里外的人都能听到。

"哦！"彼得一声惊叫，"这不跟煤倒下去一样吗？如果地下室没有屋顶，你就可以看到下面了。"

"掉下去的东西都快堆成山了！"波比说。

"正好挡住了铁路。"菲利斯说。

"这下可有得打扫了。"波比说。

"是呀。"彼得仍旧倚着栅栏，然后慢吞吞地说。

"是呀。"他又慢吞吞地说了一遍。

突然他一下站直了身子。

"十一点二十九分的火车还没有开过呢，咱们必须赶紧通知车站的人，不然就是一起可怕的交通事故了。"

"咱们跑步前进吧。"波比说着就跑了起来。

但是彼得看了看妈妈的手表，大叫道："快回来！"他显得利索干练，但大家从来没有看过他的脸色如此苍白。

"来不及了，"他说，"只有十英里了，现在已经过

107

十一点了。"

"难道咱们不能，"菲利斯气喘吁吁地提议道，"咱们不能爬到电线杆上用电线传递消息吗？"

"可咱们不知道该怎么弄呀。"彼得说。

"打仗的时候好像是这么干的，"菲利斯说，"我以前听说过。"

"傻瓜，他们只是把电线割断了，"彼得说，"那一点用都没有。即使咱们现在爬上去了也不能割断电线，况且咱们还没法上去。如果咱们有什么红色的东西，就可以到下面的铁路上挥动一下。"

"但是火车拐过弯后才能看到咱们，那时它也能看到那一大堆儿东西了，"菲利斯说，"而且比咱们看得还清楚，那堆东西可比咱们大多了。"

"如果咱们有什么红色的东西，"彼得又说了一遍，"我们可以跑到拐弯处向火车挥动呀。"

"咱们挥手也行呀。"

"那他们肯定觉得咱们和往常一样在挥手，因为咱们总是这样呀。反正不管怎样，咱们现在先下去再说。"

接着他们就沿着陡峭的梯子下去了。波比浑身发抖，脸色发青，彼得看上去也比平时瘦了点，菲利斯则急得满脸通红。

"我怎么会这么热！"她说，"本来以为会冒冷汗的，真希望没有穿……"她顿了一下后，连声音都变了，"没穿这条法兰绒裙子。"

波比在梯脚那儿突然转过身来。

"哦，对了，"她大叫道，"咱们的裙子是红色的，快脱下来。"

她们赶紧脱了下来，然后把裙子卷起来夹在了胳肢窝下，用尽全身力气沿着铁路飞快地跑了起来。彼得在前面带路，女孩们紧随其后，他们绕过了那一大堆刚倾泻下来的石头沙泥，还有那些被压弯砸碎的大树，接着又走了大约有半公里的直路后，终于来到了拐弯处，从这里确实没法看到那一堆东西。

"好。"说着彼得就拿起了那条长点的裙子。

"你不会，"菲利斯支支吾吾地说，"你不会是要把裙子撕开吧？"

"闭嘴吧！"彼得厉声训斥道。

"对，就这样吧，"波比说，"你想怎么办就怎么办吧。菲利斯，你想想咱们要是不这样，很可能会发生一起很大的交通事故，许多人会因此丧命，那该多可怕呀！彼得，别从那儿撕，那儿有松紧带！"

说着波比从彼得手中抢过裙子，从离松紧带大约一寸的地方撕开了裙子，然后用同样的办法撕开了另一条。

"来，让我撕！"彼得也跟着撕，他把每条裙子撕成了三块，"现在咱们有六面旗子了，"说着又看了看表，"还有七分钟，咱们必须有旗杆才行。"

由于一些莫名其妙的原因，给男孩子们的小刀很少是用好钢做成的。所以他们不得不用力折断小树干，其中两棵被他们连根拔了出来，接着又把树叶全部去掉。

"咱们必须在旗子上弄两个洞，然后把旗杆穿过去。"彼得说。要说在旗子上戳几个洞，这把小刀还是绰绰有余的，很快他们就弄好了。有两面旗子已经插在下行线枕木下面松松的石堆里了。菲利斯和波比两人手中各拿了一面旗子，准备一看到火车就开始挥动它们。

"我来挥剩下的两面旗子，"彼得说，"因为这主意是我出的。"

"但那可是我们的裙子。"菲利斯还要接着说下去，却被波比打断了。

"谁来挥旗不一样呀，现在只要咱们能救火车一命。"

可能彼得没有算准十一点二十九分的火车从车站到这儿的时间，也可能是火车晚点了，反正他们觉得等了很久。

菲利斯有点不耐烦地说："我想是表不准了,火车早过去了吧。"

彼得说要挥动旗子那股劲头消退了不少,波比也觉得焦急过度有点难受了。

她觉得在这儿已经等了好几个钟头了,手里拿着这些没有人会注意的法兰绒傻旗子。火车才不会注意到他们,它会从他们身边驶过,绕过拐弯处,直接冲向那堆该死的东西,所有的人都没有幸免于难。她的手冰凉,而且不断发抖,几乎握不住旗子了。就在这时,远处铁路传来了隆隆声,还飘着一股股白烟。

"站稳,"彼得说,"拼命地摇!等火车开到荆豆树丛,马上退后,但还要继续摇!别站在铁路上,波比!"

火车发着隆隆声飞快地驶了过来。

"他们没有看咱们!他们不会看咱们!没有用!"波比大叫道。

火车越来越近,把枕木上下的石子震得越发松动了,插在铁路上的两面旗子也不断晃来晃去,最后其中的一面旗子倒了下去。波比跳过去,一把抓起旗子,使劲地摇了起来,她的手也不再发抖了。

火车似乎并没有减速,依旧开得那么快,现在它离得很近了。

"快离开铁路，你这傻丫头！"彼得厉声道。

"没有用！"波比又说了一遍。

"退后！"彼得突然大叫，然后抓住菲利斯的一只胳膊就往后拉。

可是波比叫道："没到时候，还没到时候！"然后站在铁路正中间不断挥动手中的两面旗子。前方的火车看起来又大又黑，不断发出震耳欲聋的隆隆声。

"快停！停下来！快停下来！"波比大叫道。可是没有人能听到她的声音。至少彼得和菲利斯没有听到，因为火车开过来时那巨大的轰隆声已经把她的声音淹没了。事后她常常怀疑火车是不是真的没有听到她的声音，不过从目前的情形来说，火车似乎听到了，因为它很快地慢了下来，越来越慢，最后在离波比不到二十码的地方停了下来。她看到这巨大的黑引擎终于停了，可挥动旗子的手却怎么也停不下来。司机和锅炉工从火车头上下来后，彼得和菲利斯迎了上去，激动地告诉了他们拐弯处后面那堆东西，可波比此时还没能停下晃动手中的旗子，而且摇得越来越没力气，越来越急促。

等到大家转过身时，只见她敞着双臂已经躺在了铁路上，不过手中依然紧紧握着法兰绒小红旗的旗杆。

司机赶紧把她抱上了火车，让她躺在了头等车厢的软垫子上。

"她昏过去了，"司机说，"可怜的孩子，也难怪她成了这样。我先去看看你们说的那一堆东西，然后送你们到火车站，请医生给她看看。"

看着波比面色惨白，嘴唇发青，一动不动地躺在那里，实在让人担心。

"我想人死的时候就是这样子。"菲利斯悄悄地说。

"别乱说！"彼得狠狠地喝住了她。

他们靠着波比坐在蓝色软垫上，这时火车往回开了。在快到车站时，波比叹了口气，睁开了眼睛，蜷着身子哭了起来，这倒让他们高兴得要命。他们见过她哭，但是从没见她晕倒过，也没见过别人这样。她晕倒时他们不知道该怎么办才好，可现在她只不过是在哭，他们只要按照老办法拍拍她的背，劝她不要哭就行了。等她不再哭了，他们还能够笑话她竟这么胆小，居然会晕倒。

到车站后，他们三个成了站台上的英雄，这可真是激动人心的一幕。

人们称赞他们"行动敏捷""足智多谋"，有基本的常识。这些话足以让他们头晕了。菲利斯得意得不得了，她可从来没有当过英雄，这让她心里美滋滋的。彼得的耳朵都红了，不过他也很得意。只有波比希望他们不要这样，她只想赶紧走。

"我想你们会听到公司对这件事的态度。"站长说。

波比希望再也不听到这件事，然后拽了拽彼得的衣服。

"走吧，咱们走吧，我想回家了。"她说。

于是他们走了，站长、司机、乘客、列车员、搬运工和锅炉工欢送了他们。

"你们听，"菲利斯说，"他们在称赞咱们呢！"

"是呀，"彼得说，"我很高兴能想到摇动红色法兰绒旗子。"

"幸亏我们穿的是红色裙子。"菲利斯说。

波比一言不发。此时她正在想没有警惕的火车一直向着那堆东西开去的情形。

"是咱们救了他们。"彼得说。

"如果车上的人都死了，该多可怕呀？"菲利斯说，"是吧，波比？"

"反正咱们采不到樱桃了。"波比说。

彼得和菲利斯觉得她太残酷了。

第七章　嘉奖英雄

　　我希望你们不要介意，我讲了这么多有关波比的事。其实我越来越喜欢她了，越是观察她就越爱她。她做的种种让我喜欢的事，我都注意到了。

　　比如，她总希望别人快乐，能够保守秘密，不去说她少有的成就，还能默默地同情别人。我知道这听起来没有什么道理，不过这并不像听起来的那样没道理。有一种人能够看得出你不快乐，然后会给你极大的关心，而不是没完没了地说怎么为你感到难过，使你更加烦恼。波比就是这么一个人。她知道妈妈不快乐，也知道妈妈不会告诉她为什么，因此就更关心妈妈，而且从不说什么话，让妈妈感觉到自己的女儿在为自己的烦心事伤神。这么做是需要磨炼的，不像你们想得那么简单。

无论发生什么事——所有快乐的、平凡的事，比如去野餐、玩游戏、吃茶点，波比的脑子里时刻萦绕着这件事"妈妈不高兴，到底为什么呢？我不知道，她也不想让我知道，我也不会试图去一探究竟。妈妈不高兴，到底为什么呢？我不知道，她也不想让我知道……"，一遍又一遍地重复着，就像是一首歌，她并不知道这首歌唱到哪里才会结束。

俄国先生的事依然牵动着大家的心。编辑、社会组织的秘书和国会议员都很有礼貌地给妈妈写了回信，但没有人知道这位谢潘基斯先生（我之前有提到过这位俄国先生的名字吗？）的妻子和孩子在哪里。

波比还具备另一种品质，不过对此，不同的人有不同的看法。有些人认为这是多管闲事，有些人说这是乐于助人，也有人说这是心肠好。反正就是说她会竭尽所能帮助别人。

她绞尽脑汁去想怎么才能帮助这位俄国先生找到自己的妻儿。他现在已经会说一点英语了，比如"早上好""晚安""请"；孩子们给他送花时，他会说"谢谢，真美"；孩子们问他睡得怎么样时，他会说"很好"。

每当他说英语时，脸上会露出微笑，这让波比觉得真是太甜美了。她的脑海中常常会浮现出他微笑的神情，她觉得这样可能会有利于她想到什么办法来帮助他，但是没有用。她很高兴他来到家里，因为她发现在他来之后，妈妈多少比原来快乐了。

　　"她很乐意帮助别人，甚至像对咱们一样对他，"波比说，"我知道她并不乐意他穿爸爸的衣服，虽然她心里难受，但认为自己必须这么做，要不然就不会把衣服拿出来了。"

　　尽管他们拿着红色法兰绒旗子营救火车的事过去了很久，但波比晚上还是常常会惊叫、发抖，梦中又看到可怜的火车在毫无警惕的情况下，直接冲向那一堆可怕的东西，而火车还自以为在履行其快速前行的职责。醒来一看，什么事也没发生，接着她就会想起他们三个确实用红色法兰绒旗子救了所有的人。这让她感觉到内心的快乐油然而生。

　　一天早上寄来了一封信，是写给彼得、波比和菲利斯的。因为平常几乎没有人会写信给他们，所以打开这封信时，他们的内心充满了好奇。信上写道：

亲爱的先生，小姐们：

你们机敏勇敢的行为，让火车躲过了一场可怕的事故，为此我们准备为你们举行一个小小的嘉奖仪式。仪式将于本月三十日下午三时在车站举行，希望你们届时参加。

大南北铁路公司秘书

杰贝兹·英格伍德谨上

三个孩子的一生中，再没有比这更自豪的时刻了。他们拿着信冲到妈妈身边，妈妈说对他们的举动感到骄傲自豪，这让他们更高兴了。

"但如果给你们的奖励是钱的话，你们必须说'谢谢，但我们不能收'，"妈妈说，"我得马上把你们的平纹布衣服洗干净，"她又说，"那种场合下你们必须穿着整洁。"

"我和菲利斯去洗就行了，"波比说，"不过得麻烦您给我们熨一下。"

洗衣服真的很有趣，不知道你们是不是洗过。她们在后厨房洗衣服，这儿是石头地，窗户下还有一个大石槽。

"咱们在石槽里面洗吧，"菲利斯说，"这样就可以装作是户外的洗衣妇，像妈妈在法国见到的那样。"

"但她们是在冰冷的河水里洗衣服的，"彼得把双手插在口袋里说，"可不是用热水洗。"

"那这就是热水河了，"菲利斯说，"伸出手帮帮忙吧，那样就乖了！"

"搭把手就乖了呀？"彼得虽嘴上这么说，但还是帮了忙。

"搓搓揉揉，揉揉搓搓。"菲利斯兴高采烈地跳着说。这时波比从厨房的炉子上小心翼翼地拎来了重重的一壶水。

"噢，别这样！"波比惊叫道，"平纹布不能这样搓洗，应该把肥皂放在热水里，让肥皂起泡，然后把平纹布放在水里漂洗，轻轻地挤压，脏水就会出来了。只有台布和床单这类粗布才需要搓洗。"

窗外的丁香和玫瑰在微风中摇曳。

"今天非常适合洗衣服——这是其一，"波比说着感觉自己像是个大人了，"哦，我真不知道咱们穿上平纹布衣服后会有多么神气！"

"那是肯定的！"菲利斯说着，看上去很老练地把平纹布衣服在水里又漂又挤。

"现在把肥皂水挤干——不对，不能那样拧干，然后用清水漂洗。我先拿着衣服，你和彼得把石槽里的肥皂水倒掉，换上清水。"

"嘉奖仪式，意思就是送礼物了，"彼得说，"会是什么呢？"这时波比和菲利斯已经洗干净衣夹，擦干净晾衣绳，把衣服晾了上去。

"什么都有可能呀，"菲利斯说，"我一直都想要一个绒布小象，但他们肯定不知道。"

"可能会是金制火车头模型呢？"波比说。

"也许是一个咱们营救火车的大模型呢，"彼得说，"有小火车头，和咱们穿着一样的小人儿，还有司机、锅炉工和乘客。"

"你们喜欢吗，"波比用挂在碗碟柜门后横杆上的粗毛巾擦了擦手，然后心存疑虑地说，"因为救了火车受嘉奖，你们高兴吗？"

"高兴，"彼得很直率地说，"你可别告诉我们你不高兴，因为我知道你很高兴。"

"是的，"波比还是心存疑虑地说，"我知道我高兴，但咱们做了这件事就该知足了，不应该要什么奖励，不是吗？"

"谁要什么奖励了，傻姐姐？"彼得说，"获得维多利亚十字勋章的军人，并不是为了得到勋章，不过得到了会很高兴。也许他们会给咱们勋章，等我老了，会拿给我的孙子看，告诉他们说'咱们只是尽了应尽的责任'，他们肯定会以我为荣的。"

"那你得结婚，"菲利斯提醒了一下彼得，"要不你就没有什么孙子。"

"我想总有一天我必须得结婚，"彼得说，"不过她要是总在我身边转悠，我会很烦的，我希望自己的妻子是位嗜睡的小姐，一年醒一两次就好了。"

"她醒来一次就是为了对你说你是她生命中的光明，说完后就接着睡。这样倒是不错。"

"要是我结婚，"菲利斯说，"希望他能让我一直醒着，这样我就能听他说我有多好了。"

"我想，"波比说，"嫁给一个穷人也不错，你在家操持所有家务，他就会全心全意地爱你。每天晚上放工回家，他都会透过树林看到自己家的炉子冒出缕缕青烟。我说，咱们必须得回信说咱们那天能够参加仪式。肥皂在那儿，彼得，把它收起来，我们两个已经把衣服都洗干净了。菲利斯，你去把你生日时收到的那本粉红色信纸拿来。"

他们用了很久才想好了要写什么。妈妈又回去写她的东西了，没时间帮他们。在他们终于做出决定要写什么前，浪费了好几张漂亮的信纸——镀着扇形的金边，纸角上还有绿色的四叶花。最后每个人照着写好的话抄了一份，分别签上了自己的名字。折成三折的信上是这么写的：

　　亲爱的杰贝兹·英格伍德先生：

　　　　非常感谢您，我们只是想救火车，并不想要什么奖励，很高兴您要给我们开这样一个嘉奖仪式。您信中提到的时间和地点对我们来说都很方便。再次感谢您。

　　　　　　　　　　　　　　　　亲爱的小朋友

　　　　　　　　　　　　　　　　　　（签名）

　　附言：非常感谢。

　　"洗衣服比熨衣服简单多了，"波比说着从晾衣绳上取下了衣服，"我喜欢东西干干净净的。真不知道咱们怎么能等到那一天！看看他们到底送咱们什么礼物！"

　　那一天——好像过了好久——终于来到了。三个孩子准时下山到了火车站，所有的一切都那么奇怪，像是做梦一样。站长穿上自己最好的衣服出来迎接他们，这被彼得一眼就看了出来，然后站长带他们进了候车室，在这里他们曾经玩过广告游戏。现在它看起来大不一样了，地上铺着地毯，壁炉架和窗台上摆放着一盆盆玫瑰花，在通济隆旅行社、德文郡美景和巴黎——里昂铁路这些带框的广告画上，翠绿的树枝就像是圣诞节上的冬青树和月桂树一样挺拔。除了搬运工和车站职工外，还有许多人——两三位穿着华丽的女士，一群戴着高礼帽穿着礼服的先生，他们还认出了出事那天就在火车上的几位乘客。可是最让他们高兴的是那位老先生也来了，他的帽子、衣领和衣服看起来与众不同。他和他们握了握手，然后大家都坐了下来，这时一位戴眼镜的先生——他们事后才知道他是区长——开始了一段相当长的演讲，不过却是妙语连珠。我并不打算把他的演讲词写下来，首先你们会觉得无聊，其次是因为它让三个孩子面红耳赤，所以我想快点跳过这个环节，最后是因为他说得实在太多了，我记不下来。反正他说了各种好听的话称赞他们勇敢镇静。他演讲完坐下后，大家都鼓掌说："说得对！说得好！"

接着老先生也起来发言，好像是要颁奖。他一个一个地叫他们的名字，然后发给每个人一个带着金链子的金挂表，非常漂亮。表壳里面除了刻有新主人的名字，还刻着：特此表彰阻止车祸发生的英勇行为。南北铁路局董事会赠，1905年。

这些表真是漂亮得让人难以想象，每只表还配有一个蓝色的皮盒子，在家的时候可以把它们放在里面。

"你现在必须做一个演讲答谢大家的美意。"站长在彼得的耳边轻轻地说了一声，然后就把他推到了前面。"开头说'女士们，先生们'。"站长又补了一句。

其实他们每个人都准备好了说"谢谢"的。

"哦，天呐！"还没来得及推脱，彼得就被推到了前面。

"女士们，先生们，"彼得的声音听起来有点沙哑，然后突然打住不说了，因为他感觉到自己的心脏已经跳到喉咙口来了，"女士们，先生们，你们真的是太好了，我们会一辈子珍藏这些表，不过我们实在是受之有愧，因为我们确实没有做什么。至少我现在感到非常激动，我要说——谢谢，非常感谢大家。"彼得一口气说到了底。

大家给彼得的掌声胜过了给区长的掌声，接着大家和他们握了握手。因为怕自己会有什么失礼的行为，他们握着表匆匆地离开车站，回到了"三个烟囱"。

这是个了不起的日子——对任何一个人来说都是很难得的，而对大部分人来说，是根本不会有的。

"我还有话要对老先生说呢，"波比说，"但那场合太正式了——就像在教堂里一样。"

"你想说什么呀？"菲利斯问道。

"我再好好想想就告诉你。"波比说。

她好好想过后，写了一封信。

我最亲爱的老先生：

　　我迫切地想求您一件事，不知道您能不能在这里下车改乘下一班车。我不是想求您给我东西，妈妈说我们不能这样，而且我们现在也不需要什么东西。我只想给您讲一个犯人的事。

您亲爱的小朋友

波比

她把信给了站长，让他转交给老先生。第二天她叫上彼得和菲利斯，在老先生坐的火车经过时，一起下山来到了车站。

她把自己的主意告诉了彼得和菲利斯，他俩也表示完全同意。

他们三个全都洗了手，也洗了脸，还梳了头发，打扮得要多整洁就有多整洁。但菲利斯总是那么倒霉，把一壶柠檬水打翻了，弄得满身都是。换衣服也来不及了，可这时从煤场吹来了一阵风，又给衣服弄上了一层煤灰。这煤灰和黏黏的柠檬水渍搅和在一起，真的把她弄得像彼得说的那样："简直就像地沟里出来的孩子。"

她只好拼命地躲在他们后面。

"也许老先生不会看到的，"波比说，"因为上年纪的人视力不是很好。"

当老先生从火车上下来，朝站台张望时，无论是他的视力还是身体状况看上去都挺好的。

可在这关键时刻，孩子们却忽然害羞起来，耳朵又红又烫，手心不断冒热汗，鼻尖也发红发亮。

"哦，"菲利斯说，"我的心像蒸汽火车头一样怦怦地响——就在我的腰带下面。"

"胡说，"彼得说，"人的心可不在腰带下面。"

"我才不管别人怎样呢，反正我的是这样。"菲利斯说。

"如果你说的是诗集里的话，"彼得说，"那我的心就在喉咙口。"

"要是这么说，我的心就在靴子里，"波比说，"咱们快走吧，要不他会觉得咱们是白痴呢。"

"他这么想也没有什么错。"彼得沮丧地说道。然后他们迎着老先生走了过去。

"你们好，"他说着和三个人一一握了手，"见到你们真是我的荣幸。"

"非常感谢您下车。"波比冒着汗，彬彬有礼地说。

他拉着她的胳膊，然后带她进了候车室，就是在这里玩广告游戏时，遇到了那位俄国先生。菲利斯和彼得紧跟在后面。"好了，"老先生很温和地轻轻晃了晃波比的胳膊，"什么事呀？"

"哦，求求您！"波比说。

"怎么了？"老先生说。

"我想说的是……"波比说。

"想说什么？"老先生说。

"您人很好，心地善良。"她说。

"还有呢？"他说。

"我希望能告诉您一件事。"她说。

"那就说吧。"他说。

"好吧！"波比说，接着她把那位俄国先生的事告诉了老先生，说他因为写了一本关于穷人的好书被关进了监狱，又被充军到西伯利亚。

"现在我们最希望的是能找到他的妻子和孩子，"波比说，"但我们不知道该怎么办。您一定智慧过人，不然不会是铁路的董事，如果您知道怎么办，能帮助我们吗？现在这件事最为紧要，我们可以没有挂表，您甚至可以把它们卖掉，用这钱去找他的妻子和孩子。"

他们两个也同意这么办，虽然心里还是有点不舍得。

"噢，"老先生边把带有镀铜大纽扣的雪白色西装背心往下拉，边应声道，"你说他的名字是什么来着——'芬潘斯基'吗？"

"不，不是，"波比非常认真地说，"和您说的不一样，我还是给您写下来吧。您有铅笔吗？可以写在信封背面。"

老先生拿出来一个金色铅笔盒和很漂亮的绿色俄国小牛皮笔记本，还带有香味，然后翻到了崭新的一页。

"这儿，"他说，"写这儿。"

她在上面写了"Szczepansky"，然后说："写是这么写的，你可以叫他'谢潘斯基'。"

老先生拿出来一副镶着金丝边的眼镜，然后架到了鼻子上。当他读到这个名字时，脸色完全变了。

"是这个人？上帝保佑！"他说，"我看过他的书，他的书被译成了欧洲各种文字，是一本好书，一本高尚的书。所以你们的妈妈收留了他，她可真是个好心人。来，孩子们，我真的要说你们的妈妈是个心地善良的人。"

"她当然是了。"菲利斯有点惊讶地说。

"您也是位好心人。"波比有点害羞，但坚定自己要彬彬有礼。

“你在恭维我，”老先生说着得意地摘下了帽子，“现在我想说说对你的看法。”

“哦，求您不要说。”波比赶紧说。

“为什么呢？”老先生问道。

“我也不知道，”波比说，“只是——如果是不好的，我希望您别说；如果是好的，我情愿您没这么想过。”

老先生大笑了起来。

“好吧，”他说，“我只想说很高兴你们找我办这件事，确实非常高兴。我肯定很快就能打听到一些消息，因为在伦敦我认识不少俄国人，而且这些俄国人都知道他。现在说说你们自己的事吧。”

当他转向其他两个孩子时，发现只有彼得在，菲利斯不知道跑哪儿了。

“给我说说你们自己的事吧。”老先生又说了一遍。

彼得这时哑口无言了。

“好吧，咱们来做个测试，”老先生说，“你们两个坐在桌子上，我坐在长凳上问你们问题。”

他问了许多问题，而且也一一得到了答案，比如他们的名字和年龄，爸爸的名字和工作，在“三个烟囱”住了多久，等等。

问题开始转向三个半便士能买一条半鲱鱼、一磅铅和一磅羽毛，就在这时候车厅的门被一只靴子踢开了。靴子一进来，大家就看到靴子的鞋带开了——这当然就是菲利斯了，她小心翼翼地慢慢走进来。

她一只手抱着一个大锡罐，另一只手拿了块厚厚的黄油面包。

"该吃茶点了。"她得意地说道，然后把锡罐和黄油面包递给了老先生。接过东西后，老先生说："上帝保佑！"

"对。"菲利斯说。

"你想得真周到，"老先生说，"非常周到。"

"但是你该拿个杯子，"波比说，"还有盘子。"

"可帕克斯一直都只用锡罐喝酒的，"菲利斯说着脸一下红了，"他能给我这些东西就已经很好了——杯子和盘子就算了吧。"她赶紧补了一句。

"我也这么认为。"老先生说道，然后喝了些茶，尝了点黄油面包。

不一会儿下一班火车来了，老先生和他们道别后就上车走了。

"好了，"他们三个人站在站台上，看着火车的尾灯慢慢在拐弯处消失后，彼得说，"我相信咱们今天点起了一支蜡烛，你们知道就像拉蒂默被焚烧时那样（约1470年—1555年10月16日，英国牧师，伍斯特教区主教，英格兰女王玛丽一世统治时期的新教受难者），过不了多久，咱们就可以为俄国先生放烟火了。"

的确是这样的。

在候车厅和老先生见面过了十天后，孩子们坐在家下面田野里最大的一块岩石上，看着五点十五分的火车慢慢离开了车站，沿着山谷底驶过。他们还看见出了车站的人顺着上坡路一直走向了村子，但其中有一个人没有继续走上坡路，而是打开了那扇穿过田野通向"三个烟囱"的大门，然后朝着他们的方向走来。

"是什么人呀？"彼得说着从岩石上爬了下来。

"咱们去看看吧。"菲利斯说，于是他们向着那个人走去。

快到跟前时，他们一看原来是老先生。他衣服上的铜纽扣在阳光的照射下就像是星星在眨眼，在翠绿色田野的映衬下，他的西装背心显得更加亮白。

"您好！"孩子们挥手喊道。

"你们好！"老先生挥着帽子喊道。

接着三个人就飞快地跑了起来，等到了老先生身边，他们气喘吁吁地问道："您有什么事吗？"

"好消息，"他说，"我已经找到你们俄国朋友的妻子和孩子了，我实在是太激动了，所以忍不住要亲自来告诉他。"

可一看到波比的脸，他似乎就平静了不少。

"这样吧，"他给波比说，"你赶紧跑回家给他说这个好消息，他们两个给我带路。"

波比飞快地跑回家，看见妈妈和这位俄国先生正坐在幽静的花园里，然后气喘吁吁地把好消息告诉了他们。妈妈一听到这个消息，顿时脸也亮堂了起来，看起来是那么漂亮，然后迅速用法语告诉了这个背井离乡的人。波比真希望自己没有带来这个消息，因为他大声欢呼着跳了起来，这欢呼声让她的心猛烈跳动起来，接着又不断颤抖——她从来没有听见过这种充满爱和思念的欢呼声。他握住妈妈的手，温柔地、恭敬地献上了一个吻，然后一下子瘫坐在椅子上，双手捂着脸呜呜地哭了起来。波比悄悄地走开了，这种时候她不想见任何人，不过她心里和大家一样快乐。

等漫长的法语谈话结束后，彼得跑到了镇上去买圆面包和蛋糕，女孩们煮好了茶，把茶端到了外面的花园里。

老先生是最高兴的人了。他好像能够同时讲法语和英语，妈妈讲得也有这么棒。这真是令人高兴的时刻，妈妈对老先生似乎有说不完的谢意。当他问能不能送些"小玩意儿"给他可爱的小朋友时，她马上就同意了。

孩子们头一回听到"小玩意儿"这个词，但他们猜应该是糖果。因为他从口袋里拿出来三个扎着丝带的大盒子，有粉色的，还有绿色的，里面装着非常漂亮的巧克力糖，他们可从没见过这么好看的糖果。

俄国先生很快就收拾好了自己的一点行李，他们都来到车站为他送行。

妈妈转身对老先生说："真不知道该怎么感谢您做的一切事情，能见到您真是我莫大的荣幸，但我们住得太偏僻了，我不能让您再次到我们家来了。"

孩子们怎么也想不通这句话——已经成为朋友了，而且非常要好，当然希望他再来看看他们。

他们不知道老先生是怎么想的，只听他说："能在您家受到款待，即使一次我也非常荣幸了。"

"啊。"妈妈说，"我知道我这样看起来一定很没有礼貌，而且还缺乏感恩之心，但是——"

"别这么说，您是一位可爱可亲的太太。"老先生说着又鞠了一躬。

当他们上山回家时，波比看了看妈妈的脸。

"妈妈，你看起来非常疲惫，"波比说，"要不靠在我身上吧。"

"该由我来搀妈妈，"彼得说，"爸爸不在家，我就是家里的男子汉。"

妈妈拉着他们一人一只手。

"想想就高兴，"菲利斯高兴地蹦蹦跳跳，"俄国先生马上就能抱住自己失散很久的妻子，而且他的孩子肯定也长大了不少。"

"是呀。"妈妈说。

"不知道爸爸是不是能想到我已经长大了，"菲利斯继续说道，她蹦得更快活了，"我已经长大了，不是吗，妈妈？"

"是的，"妈妈说，"你已经长大了。"这时波比和彼得感到妈妈把他们的手握得更紧了。

"妈妈，你太累了，真可怜。"彼得说。

波比说："菲利斯，快点，咱们比赛看谁先到家门口。"

接着她们就跑了起来，虽然波比并不喜欢跑步。你们知道波比为什么这么做吗？连妈妈也以为她讨厌这样慢吞吞地走。做妈妈的就算比任何人都爱自己的孩子，但也不可能时时刻刻都了解孩子的想法。

第八章　业余消防员

　　"你戴的这个胸针可真是精致极了，我的小姐，"搬运工帕克斯说，"我可从没有见过什么东西和真的金凤花如此相像。"

　　"是的，"波比听到这样的称赞，高兴得脸都红了，"我一直觉得它比真的金凤花还要漂亮。我从没有想过它会成为自己的，这是妈妈送我的生日礼物。"

　　"你还过了生日？"帕克斯问道，这话让人感觉到只有极少数的人享有过生日的权利。

　　"是的，"波比说，"帕克斯先生，那您什么时候过生日呀？"孩子们和帕克斯在他这个满是灯和铁路年历的房间里吃茶点。他们这回拿来了自己的杯子，还带了些果酱饼。帕克斯先生和往常一样用装啤酒的锡罐喝茶，大家觉得非常快乐融洽。

"我的生日吗？"帕克斯一边说着，一边往彼得的茶杯里续了些深褐色的茶，"我早就不过生日了，那时候你们应该还没出生呢。"

"不过您总得有个出生的日子吧，"菲利斯很体贴地问道，"不管是二十年前、三十年前、六十年或七十年前。"

"当然没有那么久了，小姐，"帕克斯咧着嘴笑了，"如果你们真的想知道，那应该是三十年前这个月的十五号。"

"那您为什么不过生日呢？"菲利斯问道。

"因为除了过生日，我还有很多事要做。"帕克斯随口说了一句。

"那您要做什么事呀？"菲利斯急切地问道，"不会是什么秘密吧？"

"不是什么秘密，我的小姐，"帕克斯说，"就是养我的妻子和孩子。"

正是这番谈话让孩子们陷入了思考，而且成为了他们谈论的话题。总的来说，帕克斯是他们最要好的朋友，没有站长那么神气，很和蔼，没有老先生的地位高，和他们亲密无间。

"如果一个人要是不过生日，那该多么可怕呀！"波
比说，"咱们难道不能做点什么吗？"

"咱们去运河桥上好好商量一下吧，"彼得说，"今
天早上邮递员给了我一根新的钓鱼线，他给我这个是因为
我给了他一束玫瑰花，让他送给他的女朋友。他的女朋友
生病了。"

"你送他玫瑰就好了，为什么还要收人家的东西
呢。"波比有点不高兴地说。

"哼！"彼得很是不赞成，把双手插进了口袋。

"他当然不是故意收人家的东西呀，"菲利斯急忙
说道，"我们一听说他的女朋友病了，就准备好了玫瑰花
在门口等他，那时候你正在做早餐土司。他跟我们说了很
多次'谢谢'，其实他不需要这样的，然后就拿出了这
根钓鱼线送给了彼得。这不是什么交易，只是为了表达谢
意。"

"原来是这样，彼得对不起，"波比说，"你别生我
的气。"

"没什么，"彼得很大方地说，"你只是不知道事情
的经过罢了。"

于是他们三个来到了运河桥上，本来是想在桥上钓鱼

的，可是线不够长。

"没关系，"波比说，"咱们就看看风景吧，这儿可真美。"

这里的确很美。太阳就要落山了，天边泛起的红色霞光萦绕着黑色和紫色的山峰。运河静静地流淌，河面上没有一丝涟漪，在霞光的照射下闪闪发光。乍一看，运河两岸的草地就像是深绿色的丝绸，而在这两条丝绸间的正是一条灰白色的缎带。

"好吧，"彼得说，"不过我总觉得有点事做会更完美，咱们到下面的纤路上钓鱼吧。"

菲利斯和波比还记得船上的男孩用煤块砸他们的事，所以她俩不乐意去。

"好了，没事了，"彼得说，"那儿没有什么男孩子，如果有，我会挺身而出的。"

当然彼得的姐姐和妹妹给足了他面子，她俩并没有提上次那个男孩扔煤块的事，因为那时彼得不仅没有替她们出气，还躲得远远的。最后两人反而说"那好吧"，于是三个人小心翼翼地爬下陡峭的堤岸，来到了纤路上。他们很仔细地在钓线上放了鱼饵，然后耐心地等了半个小时，可是什么都没有钓到，连一个可以激起他们希望的水泡也没有出现。

六只眼睛一起盯住平静的河水，它好像在拼命掩饰自己没有藏什么鱼似的。突然很凶的一声大叫吓了他们一跳。

"嗨！"这声音非常刺耳，很不友善，还充满了愤怒，"让开点好不好？"

一艘老船径直过来，离他们有不到六英尺的距离。他们立马站了起来，迅速地爬上了堤岸。

"等他们走了咱们再下去。"波比说。

不过那只驳船和其他驳船一样停在了桥下。

"它要抛锚了，"彼得说，"咱们真够幸运的。"

但它并没有抛锚，因为运河的船并不用锚，而是把船头和船尾的绳子紧紧地拴在岸上的木桩和铁棍上。

"你们看什么看？"驳船上的人愤怒地咆哮道。

"我们并没有看什么，"波比说，"也不会那么没礼貌。"

"什么有没有礼貌啊，"那个人说，"快走开！"

"还是你快走开吧，"彼得说道，因为他想起自己说过会挺身而出，而且觉得在堤岸上很安全，"我们和所有人一样有在这儿的权利。"

"是吗？"那个人说，"我们一会儿就知道你到底有没有这权利了。"接着他走过甲板，开始下船了。

"哦，咱们走吧，彼得，快走！"波比和菲利斯一起苦闷地说。

"我不走，"彼得说，"不过你们最好赶紧走。"

两个女孩赶紧爬到了堤岸的最顶上，打算一看到彼得脱险，就疾奔回家。回家的路是下坡路，她们相信自己能跑得很快。而船上那个人脸红红的，又胖又笨重，看起来不会跑得很快。

但等他的脚一踏上纤路，孩子们就发现自己错了。

那人一跃上了岸，一把抓住彼得的腿，把他拖倒在地，然后轻轻地一甩胳膊就又让他立了起来，这人拧着他的耳朵，厉声说道："好吧，你刚刚是什么意思？难道你不知道这条河是受保护的吗？你们没权在这儿钓鱼——别赖皮了。"

事后彼得总是感到很自豪，那人虽然使劲地揪着他的耳朵，那张红脸还几乎贴在了他的脸上，鼻子里呼出的热气直喷到他的脖子，但他还是鼓足勇气说出了真话。

"我可没有捉鱼。"彼得说。

"好吧，我现在确信不是你干的了。"那人说着拧了一下彼得的耳朵，虽然没用多大的劲，但还是拧了。

彼得认为这也谈不上是拧耳朵。波比和菲利斯一直紧紧地靠着桥的栅栏，这时她俩急得就像热锅上的蚂蚁。突然波比钻过栅栏，朝着彼得急冲了下去，这让菲利斯感觉到姐姐肯定会一下子冲进河里去，而菲利斯则稳健地跟在姐姐后面。要不是那个人赶紧松开彼得的耳朵，用穿着紧身运动衣的胳膊拦住了她，不然她肯定就直接冲进河里了。

"你这么冲下来是要撞什么人吗？"那人说着，扶她站稳了脚。

"哦，"波比气喘吁吁地说，"我没想撞任何人，至少不是故意的。请您不要生彼得的气，很抱歉，我们并不知道这河是您的，以后我们再也不会来这儿钓鱼了。"

"好了，你们走吧。"那人说。

"是的，我们会走，马上就走，"波比很认真地说，"但请您原谅我们，因为我们真的一条鱼都没有钓到。如果有钓到鱼，我们会老老实实告诉您的。"

波比伸出了手，菲利斯也把自己那空空的小口袋掏了出来，希望以此证明她们并没有钓到鱼。

"好了，"那人和蔼多了，"快回家吧，以后别再这样了。"

孩子们赶紧跑上了堤岸。

"扔一件衣服给我，玛利亚。"那人喊道。这时一个裹着格子花呢披肩的女人，从船舱里走出来，怀里抱着个小婴儿，递给了他一件衣服。他穿上衣服，然后爬上了堤岸，没精打采地过了桥，接着向村子走去。

"你哄孩子睡着后，可以到'玫瑰王冠'酒店找我。"他在桥上对她喊道。

他消失不见后，孩子们才慢慢地回家，不过彼得还是坚信自己的想法。

"运河可能是他的，"波比说，"虽然我不相信。但是桥总是大家的吧，弗罗斯特先生对我说过这是公共财产。告诉你们，我不会让他或任何人把咱们从桥上赶走的。"

彼得的耳朵还在痛，他的心也一样。

女孩们跟在他后面，就像是勇敢的士兵跟随者一个绝望的指挥官。

"我们希望你别去。"她们两个说。

"如果你们害怕就回家吧，"彼得说，"我自己一个人就行，反正我不怕。"

那人的脚步声在寂静的路上已经消失得无影无踪了。水蒲苇莺和那女人为孩子唱的摇篮曲没有打破黄昏时的幽静。她的歌声很悲伤，唱的歌是关于她多么想让一个名叫比尔·贝利的人回家。

孩子们站在那里，胳膊倚着桥上的栏杆，他们也很高兴能享受片刻的宁静，因为经历了刚才的事他们的心还在怦怦直跳。

"我绝对不会让任何老船夫赶走我，绝对不会。"彼得坚定地说。

"当然不会了，"菲利斯安慰彼得说，"你刚才并没有向他屈服。所以咱们现在还是回家吧，好吗？"

他们没再说什么，这时那个女人下了船，爬上堤岸，来到了桥上。

她看了看三个孩子的后背，犹豫了一下，然后说道："呃哼。"

彼得一动不动，但两个女孩却把身子扭了过来。

"你们不要搭理比尔，"她说道，"他只是脾气大，不会真的对你们动粗。下游法利那边的孩子可真够淘气，他们说马利桥下有人捣蛋，所以他的脾气才会那么大。"

"那是谁干的？"菲利斯问。

"我不知道，"那个女人说，"谁都不知道，反正我不知道是怎么回事，可他们的话对于船长来说无疑像是毒药。所以你们不用在意，他两个小时内是不会回来的，在他回来之前你们可以捉到不少的鱼，天还亮着呢。"她补充道。

"谢谢您，"波比说，"您真是太好了。您的孩子在哪儿呀？"

"在船舱里睡觉，"她说，"他很好，不到十二点他是不会醒了，这就像教堂的大钟一样准。"

"真遗憾，"波比说，"我本来想近距离看看他的。"

"你可能从没见过这么乖的孩子，小姐。"那女人说着脸上流露出了快乐的笑容。

"您把他一个人放在这里不担心吗？"彼得说。

"上帝保佑，没什么可担心的，"她说，"谁会伤害这么小的孩子呢？再说'小斑点'在他身边。再见！"

那女人走了。

"咱们回家吧？"菲利斯说。

"你可以回家了，我要去钓鱼。"彼得随口就说。

"我想咱们到这儿来是为了商量帕克斯生日的事。"菲利斯说。

"帕克斯的生日要过。"

于是他们又来到纤路上，彼得钓着鱼，但还是一无所获。

天就要黑了，女孩们都很困，波比说睡觉的时间都过了，可就在这时，菲利斯突然叫道："那是什么？"

她指着那只船，船舱的烟囱里正在冒着烟，本来这烟应该在柔柔的晚风中袅袅升起，但现在却一股股地从船舱的门里冒了出来。

"着火了——仅此而已，"彼得冷静地说，"活该。"

"你怎么能这么说？"菲利斯大叫道，"想想那只可怜的小狗。"

"孩子！"波比尖叫道。

刹那间，三个人站起来就冲向那里。

系船索拴得很松，即使是小得几乎让人感觉不到的风也能让船尾拢岸。波比先跳上了船，接着是彼得。可他脚底一滑，掉进了河里，接着他露出了头，虽然脚踩不到河底，但是他拉住了船舷。菲利斯一把抓住了他的头发——疼是肯定的，可总算把他从水里弄了出来。转眼间他已经上了船，菲利斯也跟着上来了。

"你不能进去！"彼得大声地吼波比，"我进去，因为我身上湿。"

他在船舱门那儿追上了波比，然后猛地把她推到了一边。如果他们是在玩的话，波比肯定会因为这粗暴的行为又气又痛，然后大哭起来。但现在虽然她被推到了船边，膝盖和胳膊肘也都擦伤了，但只是大叫道："你不能进去，让我进去。"然后挣扎着爬了起来，却没有来得及阻止彼得。

他已经走进浓烟滚滚的船舱，并且下到了第二个台阶，这时他突然停了一下，因为想起了所有关于火灾的事，然后从衣服的口袋里掏出刚才被水浸湿的手帕，用手帕捂住了嘴。在他掏手帕的时候朝外面喊道："没事的，这根本不算什么。"

虽然他知道自己说了谎，但这是善意的谎言，因为他不想波比陷入危险，可这并没能阻止她。

船舱里一片通红，煤油灯在这橙色的烟雾中静静地发着光。

"嗨，"彼得说着，把嘴上捂着的手帕拿下了一会儿，"嗨，孩子，你在哪儿……"这时他被烟呛到了。

"让我去。"波比紧跟在彼得后面说道，可彼得却比刚才更用力地把她向后推开，自己继续往前走了。

这时如果那孩子不哭，我可真不知道事情会怎样——但就在这个时候他哭了。彼得在浓浓的黑烟里摸索着，突然摸到了一个小小的、软软的并且很温暖的小活物，然后将这个小东西抱了起来，开始往回走，还差点把紧跟在他后面的波比撞倒。一只狗咬着他的腿，想叫，却被呛到了。

波比寻着狗叫声摸了过来，她的手碰到了小狗毛茸茸的身子，小狗转过身来咬她的手，不过很轻，像是在说："如果有陌生人进了主人的船舱，我一定会大叫，会咬人，但你们并没有恶意，所以我只是舔舔你们。”

波比放下了狗。

“真是懂事的小狗，”她说，“彼得，把孩子给我吧，你身太湿可能会把他弄着凉的。”

彼得看着这个孩子，在自己的怀里又是扭动又是哭，乐得不得了，都有点不想把他给波比了。

“快点，”波比有点急了，“你现在到‘玫瑰王冠’酒店通知他们。我和菲利斯留在这里看着小宝宝。不要哭，小心肝，小宝贝，小乖乖。彼得，快点，跑着去。”

“我穿着这鞋没法跑，”彼得很坚定地说，“它们沉得跟铅一样。我只能走着去。”

“那我去吧，”波比说，“菲利斯，你上岸去，我把孩子给你。”

孩子被小心翼翼地给了菲利斯，她坐在岸上哄着他，彼得在使劲拧干自己的衣袖和裤腿。而波比则像风一样已经跑过了大桥，来到了寂静的长路上——这时天还微明，路看起来白白的，向酒店直奔去了。

“玫瑰王冠”酒店有一个很舒适的老式房间，船上的人和他们的妻子会在这里坐一晚上，他们喝啤酒，在一盆烧着的煤堆上烤干酪。这盆煤放在屋子里，烟囱上还加了一个大罩子，直接通到了外面。这种炉子似乎比我见过的任何炉子都要暖和、好看、舒服。

　　船夫们围着炉子快乐地享用晚饭。你可能觉得这没什么值得高兴，但他们不这么认为，因为他们都是朋友或是熟人，喜欢同样的东西，讨论同样的话题，这应该就是伙伴们快乐的真正秘密。孩子们不喜欢的那个比尔，在大家看来却是个好伙伴。此时他正在讲自己的一次失误，和他自己的船有关，这个话题总能让大家兴奋。

　　"上面的人通知说'把它里里外外都漆一遍'，可是却没说要漆成什么颜色，于是我就把它从船头到船尾全部漆成了绿色，那看起来可真不错。上面的人来了，问'为什么漆成这种颜色'，我说'因为我想让它顶呱呱，现在我的愿望实现了'，他说'是吗，那么油漆钱你自己付'，我最后只好自己付钱了。"大家都表示同情他。这时波比冲进酒店，破门而入，然后气喘吁吁地说："比尔，谁叫比尔？"

　　所有的人都目瞪口呆，高举的啤酒罐悬在了半空中，看起来就像快要被送到嘴里时瘫痪掉了。

　　"哦，"波比看见那女人挤了过来，"你的船舱起火了，快点回去吧！"

　　那女人跳了起来，一只红色大手捂住了自己的腰。当你害怕或是难过时，你的心脏似乎就在那里。

"雷金纳德·霍雷思！"她惊叫道，"我的雷金纳德·霍雷思！"

"对了，"波比说，"如果您指的是您的孩子，他已经被我们从船舱里抱出来了，还有小狗。"她有点喘不过气来，只是拼命说了一句："快去吧。"

接着她一下子瘫倒在了酒馆的长凳上，想在长跑之后缓口气，但她似乎再也缓不过气来了。

比尔笨重地慢慢站起身来，等他明白发生了什么事后，他的妻子已经跑出去几百码了。

菲利斯在堤岸上不断地哆嗦，也没听见飞奔而来的脚步声，那女人跳过栏杆，冲到河岸，一把从她手中抢过了孩子。

"别这样，"菲利斯责怪她道，"我刚哄他睡着。"

比尔来得晚一些，嘴里还不停念叨着孩子们根本听不懂的话。他跳到船上，然后把水桶摁进河里打水，彼得也过来帮忙，最后终于把火扑灭了。菲利斯、比尔的妻子和孩子，当然波比不一会儿也赶来了，他们几个在堤岸上抱成了一团。

"上帝呀，难道是我走的时候留下了什么会烧着的东西吗？"船夫的妻子不停地说。

不过不是她，而是她的丈夫。因为他在磕出烟斗里的烟灰时，烧红的烟灰落在了炉子前的地毯上，开始只是闷烧，可最后居然成了火灾。不过他算是个男子汉，并没有把自己的过错推脱给妻子，许多船夫，还有其他男人其实都会这么做的。

等三个孩子回到"三个烟囱"，他们的妈妈已经快急疯了。三个人浑身都湿淋淋的，彼得几乎变了个样子。从他们杂乱无章、一点都不连贯的叙述中，妈妈终于明白发生了什么事，她认为他们做得非常对，而且觉得他们必须这么做。她也不反对比尔对他们的盛情邀请。

"请你们明天早上七点到这里来，"他说，"我会免费带你们到法雷观光，然后再送你们回来，有十九个船闸呢，但绝对保证一分不花。"

他们并不知道什么是船闸，但七点准时到了这儿，还带了食品篮，里面装着面包、干酪、半个苏打蛋糕，还有四分之一的羊腿。

这一天阳光明媚。老白马拉着纤，船在寂静的湖面平稳地滑行，天空一片蔚蓝。比尔先生和所有人一样和善，没有人会想到他居然拧过彼得的耳朵。而他的妻子就像波比说的那样总是那么和蔼，他们的孩子很乖，小狗也很听话。当然如果小狗想咬他们，还是能把他们咬伤的。

"水拱桥可真宏伟，真是太棒了，妈妈。"他们回到家时，虽然又累又脏，但非常高兴，"还有那些船闸，你肯定想象不到它们是什么样子。当你感到自己似乎要永无止境地沉下去时，两个黑色的大闸门就慢慢地打开了，等你出来后，会发现自己还在运河上。"

"我知道，"妈妈说，"泰晤士河那儿也有船闸，我和你爸爸结婚前，经常到马洛那边玩。"

"还有那个小宝贝，小可爱，小乖乖，"波比说，"我们抱了他很久很久，真是太好了。妈妈，我希望咱们家也有个小婴儿。"

"所有我们见到的人对我们都非常友善，"菲利斯说，"他们说我们可以随时去钓鱼，比尔说下次还会带我们到其他的地方走走，这些地方我们从来没有听说过。"

"他说你也不知道，"彼得说，"妈妈，他告诉所有在运河上来往的船夫，我们是好样的。他们还要像我们对待他们那样对待我们，把我们当好伙计看待。"

"所以我说，"菲利斯打断了彼得的话，"我们到运河去钓鱼就戴上红色蝴蝶结，这样他们就认识我们了，我们是真正好样的，一定要对我们好。"

"所以你们这次又交到了好多朋友，"妈妈说，"开始是铁路上，现在又在运河上交朋友。"

"是呀，"波比说，"只要能让人们看到你乐意和他们做朋友，那么世界上人人都会成为你的朋友。"

"可能你是对的，"妈妈说着叹了口气，"来吧，孩子们，该睡觉了。"

"对了，"菲利斯说，"天呐，咱们到那儿本来是要讨论帕克斯生日的事，但最后竟然只字未提。"

"是没有谈论这件事，"波比说，"但彼得救了雷金纳德·霍雷思一命，那个晚上可真是有意义。"

"如果不是我把波比推到一边，肯定是她先救到雷金纳德·霍雷思，而且我推了她两次。"彼得坦诚地说。

"我也会那样的，"菲利斯说，"如果我知道怎么阻止她的话。"

"好了，"妈妈说，"你们救了一个小生命，我想那个晚上已经非常有意义了。我的宝贝们，感谢上帝保佑你们平安无事！"

第九章　帕克斯的自尊心

　　该吃早饭了，妈妈在倒牛奶、舀粥时高兴得满面红光。

　　"宝贝们，我又推销出去一个故事，"她说，"就是'贻贝国王'那个故事，所以你们可以去买点小圆面包吃了。小面包一出炉你们就去买，大约十一点钟对吧？"

　　彼得、菲利斯、波比三个人相互交换了眼神，接着波比说："妈妈，如果我们今晚不吃小圆面包，能不能留到十五号呢，也就是下周四。"

　　"你们什么时候吃都行，"妈妈说，"但是为什么今天不吃呢？"

　　"因为那天是帕克斯的生日，"波比说，"他今年三十二岁了，说以后再也不过生日了，因为他有别的事要做，他要养活一帮小鬼和他的管家婆。"

"你是说他的孩子和妻子吗？"妈妈说。

"是的，"菲利斯说，"难道这有什么区别吗？"

"我们觉得应该好好为他过个生日。因为他对我们很好，还总能给我们带来快乐，这你也知道的，妈妈。"彼得说，"我们三个都商量好了，碰到吃小面包的日子就求您。"

"那如果十五号前没有小面包吃，你们该怎么办呢？"妈妈说。

"哦，那我们就请求你提前让我们吃，到真正吃小面包的时候就不吃了。"

"提前？"妈妈说，"好了，如果你们用粉红色的糖浆在小面包上写下他的名字应该会更好。"

"帕克斯，"彼得说，"这个名字不够漂亮。"

"他还有个名字叫艾伯特，"菲利斯说，"有一次我问过他。"

"咱们可以在上面写名字的首字母，"妈妈说，"到时候我会教你们怎么写。"

一切都进展得挺顺利，可就算是买七个便士的小圆面包，用粉红色的糖浆在上面写上'A.P'，似乎也不能让这个生日变得隆重。

"当然还应该有鲜花。"后来在堆满干草的阁楼上商量时，波比说。那里有一台坏掉的饲料切割机，还有一排洞，通过这排洞可以把干草扔到下面马厩里马槽上的干草架上。

"他自己本来就有很多花了。"彼得说。

"但无论你有多少花，别人送的总是更好，"波比说，"咱们可以用鲜花来做生日装饰。但除了小面包外，还得有点别的什么东西。"

"咱们都静下来好好想想，"菲利斯说，"想不出什么来，就不要开口说话。"

于是他们三个人都开始思考，整个阁楼非常安静，以至于一只棕色的老鼠以为没有人，居然大胆地跑了出来。波比突然打了一个喷嚏，老鼠吓了一跳，赶紧溜走了，因为它明白，对于一只喜欢安静生活且品德高尚的中年老鼠来说，阁楼上的喷嚏声会扰乱它的生活。

"万岁！"彼得突然大叫道，"有办法了。"说着就跳了起来，还踢了踢蓬松的干草堆。

"什么呀？"女孩们急切地问道。

"帕克斯对大家都很好，村里肯定有很多人愿意为他庆祝生日，咱们四处走走，问问大家呀。"

"妈妈说过不让咱们向别人要东西了。"波比满怀疑虑地说。

"傻瓜，她说的是要东西给咱们自己是不行的，但又没说不能给别人。我还会问问老先生。"彼得说。

"咱们还是先问问妈妈吧。"波比说。

"这么点芝麻小事还用得着劳烦妈妈呀？"彼得说，"况且她现在这么忙。就这样说定了，咱们快去村子里问问吧。"

于是他们就去了。邮局的老太太她不明白帕克斯为什么过生日，因为不是人人都过生日。

"不，"波比说，"我希望每个人都过生日，而且只有我们知道他的生日是哪天。"

"明天是我的生日，"老太太说，"但是有谁给我过呢。你们走吧。"

于是他们只好走了。

一些人很友善，但一些人态度却很不好。一些人愿意给，也有一些人不乐意给。向别人讨东西总是那么难，即使不是为自己，如果你有过这样的经历，你肯定明白。

孩子们回到家后，清点了一下大家给的东西，还有一些承诺要给的东西，他们觉得第一天的收获还不小。彼得把这些东西都列在了那个记火车号码的小笔记本上，他是这样写的：

已经给的：

　　糖果店——烟斗一个

　　杂货店——茶叶半磅

　　杂货店隔壁的服装店——褪了点色的羊毛围巾一条

　　医生——松鼠标本一个

答应给的：

　　肉铺——肉一块儿

　　公路边一间农舍的太太——鸡蛋半打

　　补鞋匠——蜂蜜一桶，鞋带六根

　　铁匠——铁铲一把

　　第二天波比一大早起床，就叫醒了菲利斯。这是她俩之间的秘密了，并没有告诉彼得，因为觉得他会说她们傻。不过等到一切顺利结束后，她们告诉了他。

　　她们采来一大束玫瑰花，放在了篮子里，然后还配上了菲利斯送给波比的生日礼物——插针垫和菲利斯蓝色的领结。接着她俩在一张纸上这样写道："衷心祝兰塞姆夫人生日快乐！"她们把这张纸放进了花篮，然后带着花篮来到邮局，趁着邮局老太太还没有来，赶紧把它放在了柜台上，接着就匆匆地溜走了。

她们回到家，彼得认真地帮妈妈做好了早饭，还把他们的计划告诉了妈妈。

"这个计划还不错，"妈妈说，"不过要看你们怎么做了。我不希望他觉得咱们冒犯了他，让他感到这是给他的施舍。穷人的自尊心往往是很强的，你们是知道的。"

"我们这么做并不是因为他穷，"菲利斯说，"而是因为我们喜欢他。"

"我可以找一些菲利斯已经穿不上的衣服，"妈妈说，"只要你们有把握这不会冒犯他。他对你们这么好，我当然也想为他做点什么，只不过因为咱们家现在境况也不好，所以我也只能献上点绵薄之力了。波比，你在写什么？"

"没什么，"波比说着就随手写了起来，"我相信他会喜欢的，妈妈。"

十五号的早上是那么让人快乐，他们买来了小面包，看着妈妈用粉色糖浆在上面写"A.P"，你们一定知道这该怎么弄吧？把蛋清和糖粉搅匀，再往里面加几滴胭脂红，然后把干净的白纸卷成锥形，在尖尖的那端弄个小口，接着把和好的粉红色蛋清糖浆灌到这个圆锥里面。这时糖浆就会慢慢从小口里流出来，就像是用装着粉红色糖浆的钢笔写字。

一个个写着"A.P"的小面包非常漂亮，趁着糖浆在冷炉子里风干时，孩子们赶紧跑到村子里去拿人家答应给的蜂蜜、铁铲还有其他的东西。

邮局的老太太站在邮局的台阶上，孩子们经过时很有礼貌地向她问了"早上好"。

"等一下。"她说。

于是他们停了下来。

"这些玫瑰花。"她说。

"您喜欢吗？"菲利斯说，"它们可是要多新鲜有多新鲜。还有那个插针垫，我自己做的，波比现在要把它送给您。"她一边高兴地蹦蹦跳跳一边说。

"还有你们的篮子。"老太太说着走进邮局，把篮子拿了出来，篮子里面居然装满了又大又红的醋栗。

"我敢保证帕克斯的孩子们一定喜欢。"她说。

"您真是一位好太太，"菲利斯说着搂住了老太太肉乎乎的腰，"帕克斯肯定会非常高兴的。"

"他肯定还没我在收到你们的鲜花、插针垫和领结时那么高兴呢，"老太太说着轻轻地拍了拍菲利斯的肩膀，"你们都是善良的好孩子。看这儿，木屋后有一辆婴儿车，那是我给我们家艾米的孩子买的，但这孩子半岁的时候就没了，艾米也没有再要孩子。我希望把它给帕克斯，他家的大胖小子肯定能用上。你们一并给他带去吧。"

"哦！"三个孩子同时叫了起来。

兰塞姆夫人把摇篮车推出来，小心翼翼地揭开了上面盖的纸，然后掸了掸上面的灰尘，说道："好了，如果想到的话，我早给她了，只是不知道她是不是愿意收下。你们就告诉她是我们家艾米孩子的童车……"

"如果现在有个活蹦乱跳的孩子坐在车上该多好呀。"

"是呀，"兰塞姆夫人叹了口气，然后笑着说，"我再给他的几个孩子些薄荷软糖，然后你们就要赶紧离开了，因为你们再不走，我肯定会连脑盖和衣服都给你们。"

所有为帕克斯募集到的东西都放进了这个摇篮车里，三点半时三个孩子推着小车朝着帕克斯的黄色小房子走去。

屋子很整洁，窗台上摆放着一大瓶野花，有大朵的雏菊，还有红色酢浆草和柔软翠绿的小草。

洗衣间里传出来噼噼啪啪的泼水声，一个洗澡洗了一半的男孩把头探了出来向外望。

"妈妈在换衣服。"他说。

"等一下，马上就来。"这时从刚刚清洗过的窄楼梯上传来了一个声音。

孩子们在等着，不一会儿楼梯就发出了嘎吱嘎吱的声音，接着帕克斯太太下来了，她边下楼梯边扣自己的上衣扣。她的头发梳得又光又平，用肥皂和清水洗过的脸亮堂堂的。

"我换了换衣服，让你们久等了，小姐，"她对波比说，"今天我要额外打扫一下，因为帕克斯说今天是他的生日。我不知道他怎么还有工夫想这事，给孩子们过生日理所当然，但我们自己都这么大了，还过什么生日，所以就照旧了。"

"我们知道今天是他的生日，"彼得说，"还给他带来了一些礼物，就在外面的摇篮车里放着。"

当礼物一件件被打开时，帕克斯夫人激动地喘着气，等到礼物全部被打开后，她突然惊讶得瘫坐在了木头椅上，接着大哭了起来，把他们吓了一跳。

"不要哭！"他们说。"请您不要哭！"彼得又说了一句，似乎有点着急了，"到底怎么回事？您是不喜欢吗？"

帕克斯夫人只是抽泣，这时她的孩子们满脸发光，站在洗衣间的门口，怒视着这几个"入侵者"，屋子里非常安静，死一般的安静。

"难道您不喜欢吗？"彼得又问，女孩们赶紧拍了拍帕克斯夫人的背，想安慰她。

接着她突然迅速地停了下来。

"你们不用担心我，我没事，"她说，"'喜欢吗'，帕克斯从来没有像今天这样过生日，即便是他小时候和他的叔叔在一起也没有过，他的叔叔是个粮食零售商，后来生意也无果而终。你们问我'喜欢吗'，哦……"接下来她又讲了很多事情，我不打算写下来了，因为我肯定彼得、波比和菲利斯并不希望我写下来。他们听了她的话，耳朵越来越烫，脸越来越红。因为他们觉得自己并没有做什么事，值得她这样称赞。

最后彼得说："只要您高兴，我们就高兴。不过您要是再这么说下去，我们就要回家了。我们还想等帕克斯先生回来看看他是不是喜欢呢，您这样夸下去，我们就不好意思再待下去了。"

"好了，我不说了，"她高兴地笑着说，"但我可以继续在心里念叨吧？因为如果……"

"可以给我们一个盘子放小面包吗？"波比突然问道，于是帕克斯夫人赶紧摆开桌子准备茶点，不一会儿面包、蜂蜜还有醋栗都已经摆在盘子里了，玫瑰花也被分插在了两个玻璃果酱罐里，桌子上的东西真是丰盛极了，帕克斯夫人说得好，"这都能请王子来吃茶点了"。

"想想吧！"她说，"幸亏我事先收拾了屋子，小东西们又采了野花，准备了这么多东西——本来以为只能给他一盎司上周六弄到的烟草了。天呀！他今天回来得真早！"

帕克斯先生此时已经拉开了前门的门插。

"哦，"波比小声说，"我们藏到后厨房，您来告诉他这件事吧。不过先给他烟草吧，因为是您送给他的。等您说完了，我们再出来祝他生日快乐。"

这是个好主意，但结果却让他们大失所望。开始彼得、波比和菲利斯只来得及把帕克斯那些张着大嘴的孩子们推在前面，冲进了洗衣间，但没来得及把门关上，帕克斯太太的孩子们无意中听到了他们和她的对话。当然除了扎布机和漆包线等一些洗衣间的用品外，这里正好挤得下帕克斯的三个孩子和他们三个。

"哦，老婆子，"他们听到了帕克斯的声音，"桌子上摆得可真是漂亮。"

"这是你的生日茶点，"帕克斯太太说，"还有给你的一盎司烟草，因为想起今天是你生日，我上周六特意买了些送给你。"

"老伴儿，你可真好！"说着帕克斯先生给了自己妻子一个甜甜的吻。

"不过这摇篮车是哪儿来的？还有这一包包东西是怎么回事呀？这些糖果又是怎么来的？还有……"

孩子们没有听到帕克斯太太回答，因为这时波比好像突然想到了什么可怕的事，她把一只手伸进口袋，浑身都僵住了。

"哎呀！"她小声对大家说，"这可怎么办？我忘了在这些东西上面留字条！这样他就不知道是谁送的这些东西，如果以为这些全是咱们送的，他会觉得咱们在摆阔气、发善心，甚至可能更糟糕。"

"嘘！"彼得说。

接着他们就听到了帕克斯先生大发雷霆。

"我管不了那么多，"他说，"我现在就告诉你，我不能忍受这件事。"

"但是，"帕克斯太太说，"只是'三个烟囱'的三个孩子，你犯得着这么大惊小怪吗？"

"我不管，"帕克斯非常坚定地说，"哪怕他们是天堂来的天使。这么多年咱们都是这样过来的，从没求过别人，开口向人家要东西。我这一辈子不会要别人的施舍，只是你不这样想罢了，内尔。"

"你小声点，"可怜的帕克斯太太说，"帕克斯，你快别说了，就当是我求你了，你说的每个词洗衣间的三个孩子都听得一清二楚。"

"我就是要让他们听到，"帕克斯勃然大怒，"之前我给他们说过真心话，现在我还要给他们说说。"他说着两个大步上前到了洗衣间门口，"啪"地一下就把门拉开了，孩子们都挤在门后面。

"你们出来，"他说，"出来说说你们到底是什么意思。我有向你们抱怨自己很穷吗？犯得着你们来施舍同情我吗？"

"啊？"菲利斯说，"我们以为您会高兴呢，以后我们再也不对人这么好了，再也不这样了。"说着大哭了起来。

"我们没有什么恶意。"彼得说。

"你们现在做的事好像和你们的想法背道而驰了！"帕克斯说。

"您别这样！"波比叫道，她拼命地使自己比菲利斯勇敢些，努力让自己找到比彼得更多的话来解释，"我们以为您会喜欢，因为我们过生日时总会有好多礼物。"

"那是当然，"帕克斯说，"都是你们的亲人送的，这怎么会一样呢。"

"不是那样的，"波比说，"不只是我们的亲人送礼物，我们的用人们也会送我们礼物，到了他们生日，我们也会回赠他们礼物。我过生日时，妈妈给了我一个金凤花的胸针，维尼夫人还送了我两个蓝色的玻璃花瓶，没有人觉得这是施舍。"

"如果是玻璃瓶，"帕克斯说，"我也就不会说这么多了，可这里放着一堆又一堆我不堪忍受的东西，反正我不能容忍。"

"但这不全是我们送给你的，"彼得说，"我们只是忘了在上面标上大家的名字。这是村子里的人一起送给你的。"

"那我倒想知道是谁让他们这么做的？"帕克斯问道。

"当然是我们了。"菲利斯说。

帕克斯一下子倒在了扶手椅上，看着他们，那种眼神就像波比事后说的那样，"抑郁、绝望、没有一点神采"。

"这么说，你们到处大肆宣扬我们家很穷了？好，你们让我在大家那里丢尽了颜面，那么这一堆鬼东西从哪里来，你们就把它们弄到哪里去。我相信你们是一番好意，但如果可能的话，我情愿不再当你们是朋友。"他狠狠地把椅子转过去，背对着孩子们，椅子腿和地板砖发出的刺耳摩擦声打破了沉寂。

波比突然说话了。

"看看吧，"她说，"这真是太可怕了。"

"这正是我要说的。"他说着但并没有转过身子。

"好吧，"波比绝望地说，"如果您让我们走，我们就走，您要是不想再和我们做朋友，就随您吧，但是……"

"不论您怎么跟我们发脾气，我们永远都是您的朋友。"菲利斯使劲吸着鼻子说。

"什么也别说了。"彼得在一边气愤地说。

"但是在我们走之前，"波比继续绝望地说，"我们想让您看看我们写好了准备放在东西上的字条。"

"我不想看什么字条，"帕克斯说，"我只想看到自己生活中的东西，你以为除了我的收入和她洗衣服的收入，我们还会向别人借钱，让别人嘲笑我们吗？"

"嘲笑？"彼得说，"真不知道您是怎么想的。"

"您的脾气可真暴躁，"菲利斯大叫道，"您上次就误解我们，说我们不告诉您那个俄国先生的事，这您也知道。还是让波比告诉您字条的事吧！"

"好吧，那你说吧。"帕克斯非常不情愿地说。

"好吧，"波比支支吾吾地说，她依然不抱任何希望，接着掏了掏塞满字条的口袋，"大家给我们东西

167

时，我们都清楚地记了下来，因为妈妈告诉我们要仔细点，我把她说的都记下了，你会明白的。"

可波比没能立马读出这些字条，在开始读之前，她不得不先咽几口气。

帕克斯夫人从洗衣间门打开的一刹那就开始哭，一直没有停下，这时她屏住气，哽咽了一下说："别难过，小姐，我知道你是出于好意的，不管他是怎么想的。"

"我可以开始读了吗？"波比边说边把字条整理分类，"先读妈妈这张吧。妈妈说过'我可以找一些菲利斯已经穿不上的衣服，只要你们有把握这不会冒犯帕克斯先生。他对你们这么好，我当然也想为他做点什么，只不过因为咱们家现在境况也不好，所以我也只能献上点绵薄之力'。"

波比停了一下。

"好吧，"帕克斯说，"你们的妈妈天生就是个好太太。内尔我们为什么不要这些小衣服。好了，我们收下！"

"接着是摇篮车和醋栗，还有一些薄荷糖，"波比说，"这是兰塞姆夫人给的，她说：'我敢保证帕克斯的孩子们会喜欢这些薄荷糖，还有这辆摇篮车，是我给我们家艾米的第一个孩子买的，但这孩子半岁的时候就没了，艾米也没有再要孩子。我希望把它给帕克斯夫人，她家的大胖小子肯定能用上。如果她乐意接受，我肯定早就送给她了。’这是她让我转告你们的话，”波比又说了一句，“这就是艾米孩子的小婴儿车。”

“我不能把这辆小车送回去，帕克斯，”帕克斯太太非常坚定地说，“我是不会退回去的，所以你也不要求我送走它。”

“我不会求你做任何事。”帕克斯非常生气地说。

“还有铁铲，”波比说，“这是吉姆斯先生亲手为你打造的，他说——铁铲跑哪儿了，啊，在这里。他说：‘请你转告帕克斯先生，为他这位深受大家尊重的人做点微不足道的事，是我的荣幸。’他还说很乐意像给马打上铁掌那样也在您的孩子，还有他自己的孩子的鞋子下打上铁掌，因为皮鞋底对他们来说不管用。”

“吉姆斯人很不错，是个好伙计。”帕克斯说。

“蜂蜜，”波比匆忙补了一句，“还有鞋带。补鞋匠说他非常尊重自食其力的人，卖肉的先生也这么说。公路边的老太太说您小时候帮她打理过花园，但好人没有得到好报——我也不知道是什么意思。每个给您东西的人都说非常喜欢您，还说我们的主意很好，没有人说是对您的施舍或是什么更糟糕的。老先生还托彼得转交给您一个金币，说您在同行里表现得最出色。我想如果您知道大家是多么喜欢您，一定会高兴得不得了。可今天是我一生中最悲伤的日子。好了，再见，希望您哪天能够原谅我们。"

她觉得自己无话可说了，转身就要走。

"等等，"帕克斯仍然背对着他们说，"我收回刚才那些违背你们好意的话。内尔，把水壶放到炉子上。"

"如果您看到这些东西不高兴，我们可以带走，"彼得说，"但我想大家肯定和我们一样感到非常失望。"

"我不生气了，"帕克斯说。"我并不知道事情是这样的。"他又说了一句，突然他把椅子转了过来，露出了一张非常奇怪的皱巴巴的脸，"我不知道自己以前有没有这么高兴过，倒不完全是因为礼物——虽然它们确实非常棒，而是因为大家这么尊敬我。咱们配得上吗，内尔？"

"我想咱们配得上，"帕克斯夫人说，"如果你问我的话，我只能说你无缘无故地发了一通牢骚。"

"不，不是这样的，"帕克斯坚定地说，"如果一个人没有了自尊心，那么其他人更不会尊重你。"

"但大家都非常尊重你，"波比说，"他们确实是这么说的。"

"当您明白后，就会非常高兴的。"菲利斯高兴地说。

"嗯，那你们留下来喝茶好吗？"帕克斯说。

后来彼得提出为帕克斯的健康祝"茶"，帕克斯自己也提出祝"茶"，为的是让他们的"友谊之树常青"。大家都没想到他会说出这么有诗意的话。

"他们真是些快乐的好孩子。"帕克斯睡觉前对妻子说道。

"是呀，愿上帝保佑他们这些好心的孩子，"帕克斯太太说，"你这个老东西可真是要把人气死了，我真为你害臊。"

"别生气了老伴儿，我知道这不是施舍后，就立马认错了。不过我从不容忍人家的施舍，以后也不会。"

那天的生日让大家都非常高兴。帕克斯先生、帕克斯太太还有他们的孩子是因为大家的好意和礼物高兴，"三个烟囱"的孩子高兴，则是因为遭遇不测的计划最终成功进行了。兰塞姆太太每次看到帕克斯的胖娃娃坐在摇篮车里，就高兴得合不拢嘴。帕克斯太太一家挨一家地感谢大家为帕克斯送的生日礼物。每去过一家，她都会觉得这些朋友比原来想的要好。

"对，"帕克斯沉思着说，"我曾经说过'人们做出的事往往会偏离了心中的期许'。那么万一这是施舍……"

"你能不说这是施舍吗？"帕克斯太太说，"没有人会施舍你的，这只是友谊，大家对你的友谊。"

一天牧师来拜访帕克斯太太时，她向牧师讲述了这件事，然后问："您说这是友谊对吧，先生？"

"我想是的，"牧师说，"这就是人们有时候说的友爱。"

所以你们看，事情很圆满地结束了。但是要做这件事，就必须采用正确的方法。因为正像帕克斯先生说的那样，只有当他把事情想透了以后，才会觉得孩子们所做的可能会无意中违背了他们的美好初衷。

第十章　可怕的秘密

三个孩子最初来到"三个烟囱"时，谈论了好多关于他们爸爸的事，也问了许多有关他的问题——他在哪儿、在做什么、什么时候回来。妈妈总是尽可能回答他们的问题，但随着时间的流逝，渐渐地他们不怎么谈论他了。几乎从一开始波比就知道，因为什么奇怪的不幸原因，这些问题会伤害到妈妈，让她难过。渐渐地其他的孩子也开始感觉到这一点，只是他们没有说出来罢了。

一天，妈妈很忙，连十分钟也离不开，波比给妈妈把茶端到了一个又大又空的房间——他们称这个房间为妈妈的工作室，这里几乎没有什么家具，只有一张桌子、一把椅子和一块小地毯。不过窗台和壁炉上总摆放着大盆的鲜花，这都是孩子们弄的，透过三个没有挂窗帘的窗户可以看到一望无际的美丽草坪和荒野、远处紫色的山峰，还有变化多端的云彩和蓝天。

"亲爱的妈妈，你的茶来了，"波比说，"趁热喝吧。"

妈妈把手里的钢笔放在了铺满桌子的稿纸中，纸上写满了字，和印出来的一样清晰，而且比打印的还漂亮。她抓了抓自己的头发，像是要把头发一把一把拽下来似的。

"可怜的小脑袋，"波比说，"你头疼吗，妈妈？"

"不……是，有一点疼，"妈妈说，"波比，你觉得菲利斯和彼得是不是把你们的爸爸给忘了呀？"

"不会的，"波比不高兴地说，"为什么你会这么想呢？"

"你们现在没有一个人提起他。"

波比开始是一条腿站着，接着又换另一条腿。

"我们三个人单独在一起时总会提到爸爸。"波比说。

"为什么和我在一起就不说呢？"妈妈说。

波比觉得很难回答。

"我……你……"妈妈刚开口又停了下来，她来到窗户边向外望去。

"波比，过来。"妈妈说，接着波比就走了过去。

"现在，"妈妈说着抱住了波比，把自己头发蓬松的脑袋靠在了波比的肩膀上，"亲爱的，告诉我为什么？"

波比有点坐立不安的感觉。

"告诉我。"

"好吧，"波比说，"我觉得爸爸不在家让你感到很不高兴，我们谈论他时，你会更不高兴，所以我就不提爸爸了。"

"那他们两个呢？"

"我不知道他们怎么想的，"波比说，"我从来没有和他们说过刚才的话，不过我想他们的想法和我一样。"

"好孩子，"妈妈说，她的头依然靠在波比的肩膀上，"我现在就告诉你。咱们不仅和爸爸分开了，而且我和爸爸遇上了很大的麻烦，可以说这个麻烦很可怕，比你想到的任何事情都要糟糕。开始听到你们谈论他，我确实非常伤心，因为这总让我想起咱们在一起的日子。你们可不能忘了他，如果忘了会更可怕，那可比任何事情都可怕。"

"麻烦，"波比小声说，"我答应过不再问你任何问题，而且从来也没有问过，对吧？但是麻烦不可能一直持续下去，不是吗？"

"是呀，"妈妈说，"等爸爸回来时，最糟糕的事情就会过去了。"

"我希望能让你好过点。"波比说。

"哦，宝贝，你们已经让我很开心了，如果没有你们，我真不知道该怎么办了。难道你们以为我没有注意到你们多么乖吗？你们不像原来那样总爱互相拌嘴，还有你们为我做的点点滴滴的小事，给我采鲜花，为我擦鞋子，总是抢在我前面帮我铺好床。"

波比有时候已经怀疑妈妈是不是注意到了这些事情。

"这没什么，"她说，"比起……"

"我必须接着工作了，"妈妈说着，又紧紧地抱了抱波比，"什么都不要对他们说。"

那天晚上睡觉前，妈妈没有给他们读书，而是给他们讲了她和爸爸小时候在乡下住得很近，那时他们常常玩的一些游戏，还有爸爸和她的兄弟，这些男孩子们在一起发生的冒险事件。妈妈讲的这些事非常有趣，逗得他们哈哈大笑。

"爱德华舅舅是不是没有长大就去世了呀？"妈妈在点燃卧室的蜡烛时，菲利斯问道。

"是的，宝贝，"妈妈说，"如果现在他在世，你们一定会非常喜欢他的，他非常勇敢，非常爱冒险，尽管爱搞些恶作剧，但大家都乐意和他交朋友。还有雷吉舅舅，他现在在锡兰（现更名为斯里兰卡），对了，你们爸爸的兄弟也在国外。他们如果知道咱们讲到他们过去的事时哈哈大笑，一定会很高兴。你们觉得呢？"

"爱德华舅舅不包括在内，"菲利斯颤抖地说，"他在天堂呢。"

"你别认为他会忘记咱们和过去美好的日子，他只是离开一段时间，并没有忘记咱们，总有一天还会见面的。"

"还会见到雷吉舅舅……和爸爸？"彼得说。

"会的，"妈妈说，"会见到雷吉舅舅还有爸爸。晚安了，宝贝们。"

"晚安。"孩子们说。波比把妈妈抱得比平时更紧了，然后在她耳边轻轻说："妈妈我真的很爱你，我爱你妈妈。"

此时波比开始重新思考这一切，她努力不让自己去想妈妈说的麻烦是什么，但是她却控制不了自己了。妈妈说爸爸并没有死，就像可怜的爱德华舅舅一样。而且他也没有生病，如果生病妈妈会陪着他。现在生活很拮据也不算什么大麻烦，波比知道这不是金钱而是更近于良心的事。

"我不能再想了，"她对自己说，"不该再想了。真高兴妈妈注意到我们三个人不怎么吵架了，我们必须再接再厉。"

可就在这天下午，波比和彼得大吵了一架，后来彼得说这次吵架的激烈程度可以算是前无古人后无来者了。

来到"三个烟囱"还不到一个星期，他们就求妈妈批准他们在花园里一人开辟一块属于自己的小田地，妈妈答应了。花园南边桃树下的那块地分成了三份，在自己的地里面，他们可以想种什么就种什么。

菲利斯在自己的这块地里面种上了木樨草、旱金莲和弗吉尼亚紫罗兰。种子都发芽了，虽然看起来更像杂草，但她坚信总有一天会开花的。弗吉尼亚紫罗兰很快就证实了她的信念，她的那块地上开出来一片鲜艳的小花，有粉色的、白色的、红色的和淡紫色的。

"我不能拔草，因为我怕拨错了，"她总是这么悠哉地说，"这倒省了不少事。"

彼得在他的那块地上种下了蔬菜种子，有胡萝卜、洋葱和萝卜。这些种子是一个老农夫给他的。老农夫住在桥边一个用木头和灰泥盖成的房子里，所以看上去黑白相间，非常漂亮。老农夫养了火鸡和珍珠鸡，而且非常和蔼。但彼得的菜从没长出来过，因为他总爱在这块地上挖运河，为他的玩具士兵修建堡垒和土木工事，种子在土里面还没有长好，就被不断的战争和灌溉给弄死了。

波比在自己的地里种了玫瑰花，但这些玫瑰花刚绽开小嫩叶就枯萎了。可能是因为她是五月份从花园另一边移植过来的缘故吧，这根本不是移植玫瑰的时节。但她不肯承认它们死了，总抱着幻想，直到帕克斯来到花园看了她的花后，告诉她这些玫瑰花早就干死了，而且干得就像门钉，她才不得不接受现实。

"用它们烧火还不错，小姐，"他说，"你把它们都挖出来烧掉，我从我的花园里给你挖些刚长出来的苗子，三色堇、紫罗兰、美洲石竹和勿忘我什么的，如果你现在能收拾好这块地，我明天就给你带过来。"

于是第二天波比就开始整理自己的那块地了，正是这一天妈妈夸奖他们不怎么吵架了。她把那些死去的玫瑰花都挖出来，然后将它们都搬到了花园的另一头，这里堆满了在盖伊·福克斯之夜用来点燃篝火的垃圾。

与此同时，彼得也决定把自己那片地上的堡垒和土木工事齐平，因为他要重新造一个模型，有火车隧道、路堑、路堤、运河、水拱桥、大桥等等。

所以当波比运送完最后一趟干草叶回来时，彼得正拿着那把耙子在忙碌。

"我刚刚还在用它。"波比说。

"可我现在正在用。"彼得说。

"不过是我先拿到手的。"波比说。

"但现在轮到我用了。"彼得说。这场争吵就这么开始了。

"你总是平白无故让人讨厌。"在两人吵了好大一会儿后，彼得说。

"可那是我先拿到手的。"波比抓住耙子的手柄，红着脸和彼得对峙。

"难道早上我没有告诉你我要用吗，菲利斯，你来做个证，看看我是不是这么说的。"

菲利斯说不愿趟这摊浑水，确实这会儿她也这么做了。

"如果你记得，就应该说出来。"

"她当然不记得有这么回事，有的话她自己会说的。"

"我真希望自己有个兄弟，而不是你们两个这样爱发脾气的姐妹。"彼得说出这样的话，通常表明他已经极度愤怒了。

波比用和往常一样的回答给予了还击。

"真想不明白上帝为什么会创造出你们这样的男孩子。"波比说着，一抬头正好看到妈妈工作室的三个大窗户在红色的阳光中闪烁，然后想到了妈妈对他们的称赞，"你们不像原来那样总爱吵架了"。

"哦！"波比大叫道，似乎像是被打了，也像是被门挤了手指头，更像是牙齿发生了一阵剧痛。

"怎么了？"菲利斯说。

波比本想说"不要吵架了，妈妈讨厌咱们这样"，但尽管努力控制自己，可还是忍不住，因为彼得真是太可恶，太气人了。

"那你把这该死的耙子拿走吧。"这是她解决问题最好的办法。此时她突然松开了耙子的手柄，但由于彼得刚刚在使劲地和她抢耙子，最后彼得左右晃荡了几下就向后摔倒了，耙齿正落在他两脚间。

"活该。"她忍不住又说了一句。

彼得一动不动地躺在地上好一会儿，这一会儿长得能让波比吓一跳了。接着他的表现真的让波比害怕了。在他坐起来时，发出了一声尖叫，脸色也一下变苍白了，接着又倒了下去，再次发出尖叫，虽然声音很小，但不间断，听起来就像是四分之一英里外在杀猪。

妈妈把头探出窗外看了看，接着很快就来到花园，跪在了彼得身边。而彼得此时还在不断尖叫。

"怎么回事呀，波比？"妈妈问道。

"因为耙子，"菲利斯说，"彼得正在抢波比手中的耙子，波比一松手，他就摔倒了。"

"彼得，现在不要叫了，"妈妈说，"好孩子，别叫了。"

彼得此时已经没劲再叫了，然后用仅剩的那点气叫了最后一声后，就停下了。

"好了，"妈妈说，"你受伤了吗？"

"如果他真的受伤了，就不会这么叫，"波比还是气得直发抖，"他才没有这么胆小呢。"

"我想我的一只脚断了。"彼得非常恼火地说，接着坐了起来。他的脸色惨白，妈妈把他搂在了怀里。

"他受伤了，"她说，"他昏过去了，波比快过来坐下，把他的头放在你的膝盖上。"

妈妈解开了彼得的鞋子，右脚的靴子脱下来时，有一些什么东西从脚上滴落在了地上，这才发现是血。等到妈妈把他的袜子脱下来时，可以看到他的脚和脚踝上有三个血淋淋的伤口，这是耙齿留下的，上面还有一些擦痕。

"快去端点水，要一盆。"妈妈说完，菲利斯立马就去端水了，但回来时匆匆忙忙的，把盆里的水洒了一大半，所以只好又提了一壶水来。

直到妈妈把彼得的脚用手帕包扎好，他才醒过来睁开了眼睛，妈妈和波比把他扶进屋里，让他躺在了餐厅的褐色木头长椅上。与此同时，菲利斯已经去请医生了。

妈妈坐在他身边，一边和他说话，一边给他清洗脚上的血，波比出去准备茶，把水壶放在了炉子上。

"我能做的都做了，"波比对自己说，"彼得会不会死呀？会不会瘸一辈子呀？会不会走路还得架拐杖呀？或是靴子底还要加个木头高跟呀？"

她倚着后门，眼睛盯着大水桶，想象着各种可能发生的事。

"真希望妈妈没有生我。"她想着想着，突然大声地说了出来。

"天呀，这是怎么了？"这时传来了一个声音，帕克斯提着一个木条编制的篮子站在了她面前，篮子里装满了长着绿叶的东西，还有柔软的松土。

"原来是您呀，"她说，"彼得的脚被耙子弄伤了，上面还有三个洞，就像是战场上士兵受的伤一样。当然这件事我也有错。"

"可我无能为力，"帕克斯说，"医生来看过吗？"

"菲利斯已经去找医生了。"

"他肯定不会有事的，你放心吧，"帕克斯说，"我父亲的第二个堂兄弟被干草叉伤过，而且是直接叉到了肉里，可没有几个星期他就好了，只是后来头有点晕，大家都说是因为他在干草地被太阳晒成这样了，并不关干草叉的事。到现在我还清楚地记得他，人很好，不过就像你们说的，'有点娘娘腔'。"

波比试图通过这个令人振奋的回忆让自己高兴起来。

"好了，"帕克斯说，"我敢说你现在也没有心情去弄你那块地了，你告诉我花园在哪儿，我替你把这些小东西种下去。请允许我在这里等一会儿，因为我想等医生出来听听他怎么说。我的小姐，不要担心，高兴点，我敢打赌他没有受什么伤，不用说就知道。"

但他确实受伤了，医生看过他的脚后，给他好好地包扎了一下，然后说彼得至少一个星期不能下地走路了。

"他不会瘸腿，或是撑拐杖、在鞋跟上加木头吧？"波比在门口屏住呼吸小声地问。

"不会的！"弗罗斯特医生说，"两个星期后他就又会活蹦乱跳了，不要担心了。"

在妈妈把弗罗斯特医生送到门口，听他最后的嘱咐时，菲利斯去给水壶添水了，屋子里现在就只剩下波比和彼得两个人了。

"医生说你不会瘸腿什么的。"波比说。

"当然不会了，傻瓜。"彼得说道，但是听了波比的话还真是松了口气。

"彼得，对不起。"波比沉默了一会儿说。

"没什么。"彼得生气地说。

"都是我的错。"波比说。

"废话。"彼得说。

"如果咱们不吵架就不会发生这样的事了。我知道吵架不对，本来是想这么说的，可没能说出口。"

"别说无聊的话了，"彼得说，"即使你那么说我也不会停手。再说不吵架也会出事，也许我的脚会被锄头砸到，或手指会被切草机切掉，再或者鼻子会被爆竹炸掉。不管吵没吵架，都照样会受伤。"

"但我知道吵架不对，"波比哭着说，"现在你受伤了，而且……"

"好了，"彼得坚定地说，"别哭了，我告诉你，一不小心，你就会变成主日学校那种讨人厌的假正经小老太。"

"我不想做道学小老太。不过想当好人，还不得不这样。"（善良的读者，你们可能也会有这样的苦恼吧。）

"不过好在受伤的不是你，"彼得说，"我很荣幸是我受了伤，想想吧，要是你受伤躺在沙发上，大家就会觉得像是在看着一个受伤的天使，然后成为全家人担心的对象。如果那样的话，我可受不了。"

"不，我不会那样。"波比说。

"不，你会的。"彼得说。

"告诉你，我是不会那样的。"

"那我也告诉你，你会的。"

"噢，孩子们，"门口传来了妈妈的声音，"怎么这么快就又吵起来了。"

"我们不是在吵架——不是真的吵架，"彼得说，"我们意见不一致时，请不要认为我们是在吵架！"等妈妈再次出去后，波比突然说道："彼得，非常抱歉今天让你受伤了，但你说我是假正经的小老太，那你就是一只野兽。"

"好吧，"彼得的回答出乎意料，"也许我是。因为在你大发脾气时，你确实说过我不是胆小鬼。唯一要请你注意的是，别做一个假正经的小老太，如果你觉得有这样的趋势，就睁开你的眼睛，那么就不会变了。"

"是的，"波比说，"我明白。"

"那咱们讲和吧，"彼得很大度地说，"忘掉过去的不愉快，来，我的老朋友，咱们握握手。我有点累了。"

他接连累了好几天。木头长椅上虽然放有许多垫子和折起来柔软的毯子，但彼得还是觉得很硬很不舒服。糟糕的是，他不能出去了，她们把木头长椅移到窗前，从这里他可以看到火车冒出的烟在山谷里蜿蜒盘旋，但看不到火车。

波比很想对他好，但一开始并不是那么简单，因为担心他会觉得自己假正经，但后来慢慢地就没有这种感觉了。彼得也发现她和菲利斯真的非常好，而且她们两个不在时，还会有妈妈陪他。"他才没有那么胆小"，这句话使得彼得决定不再大叫自己的脚疼了，尽管他的脚相当疼，尤其是晚上的时候。

有时候对别人的称赞就是对他的帮助。

还有人来探病。帕克斯太太、站长和村里的一些人都来问候他是否好点了。可他还是觉得度日如年。

"真希望读点什么，"彼得说，"咱们所有的书我都读了不下五十遍了。"

"我去问问医生，"菲利斯说，"他那儿肯定有书。"

"不过他的书肯定只是教你怎么治病，或者就是关于人体可怕内部构造的。"彼得说。

"帕克斯那儿有一大堆的杂志，都是旅客看过后从火车上扔出来的，"波比说，"我下山去问问他。"

于是她俩兵分两路出发了。

波比看见帕克斯正忙着擦拭屋里的灯。

"你们家的小少爷怎么样了？"帕克斯说。

"好多了，谢谢，"波比说，"但他现在无聊极了，所以我来看看您能不能借给他一些杂志让他消遣一下。"

"哎呀，"帕克斯一边用一块油乎乎的棉线球擦着耳朵，一边表示遗憾地说，"我怎么没有想到这个呢？今天早晨我还在想给他弄点什么有趣的东西，想来想去觉得给他弄只小豚鼠最好。我认识的一个年轻人会在今天下午吃茶点时给他送去。"

"那可真是太好了！一只活蹦乱跳的小豚鼠！他肯定会非常高兴的。不过您再给他点杂志，他就真的不会再感到无聊了。"

"对呀，"帕克斯说，"只是我刚把一大堆杂志送给了斯尼格逊的孩子，他的病刚好。不过我还留了一大堆画报。"

说着转身去墙角那儿，抱起来一叠画报，足有六英尺厚的。

"给你！"他说，"我去弄张纸和一根绳子，把它们包一下。"

他从自己的旧报纸里抽出了一张，铺在桌上，把画报扎得整整齐齐的。

"好了，"他说，"这上面有很多图片，如果他想用颜料或是画笔在上面涂涂画画，就随他吧。反正这些画报我也不要了。"

"您真是太好了。"波比接过画报就开始往家赶。画报很沉，当她在平交路口等一辆火车开过时，把画报放在了木栅门上，然后随意瞥了瞥包在画报外面的旧报纸。

她忽然紧紧地抓住了那包画报，低下头去看。这就像是一场噩梦。她读下去……但下面撕掉了，没能读完。

她记不清楚自己是怎么走回家的，但是到家后，她踮着脚尖回到自己房间，锁上了房门。接着她打开那包画报，坐在床边把报纸上的文章又读了一遍。此时她感到自己手脚冰凉，脸上发烫，读完后艰难地吸了一口长气。

"现在我明白了。"她说。

她读的那段新闻标题是："审判结束、裁决和判刑"。

被审判的人就是爸爸，裁决"有罪"，判刑"五年劳役拘禁"。

"哦，爸爸，"她狠狠地把报纸揉成一团，小声地说，"这不是真的，我不相信，你没有干过这种事，没有，没有，绝对没有。"

就在这时有人敲门了。

"什么事？"波比说。

"是我，"传来了菲利斯的声音，"茶点准备好了，一个男孩给彼得送来了一只豚鼠。快下来吧。"

波比只好下楼了。

第十一章　穿红运动衣的"猎狗"

　　现在波比知道这个秘密了。由于一次极其偶然的机会，一张包画报的旧报纸向她泄露了这个秘密。她不得不下楼吃茶点，还要装作什么事都没有发生过。她竭力伪装，但还是被看穿了。

　　她进来时，大家都抬起头来看她。很明显她的眼睛红红的，脸色惨白，脸上还有红色的泪痕。

　　"怎么了，宝贝？"说着妈妈就迅速从茶碟边站了起来，"这是怎么了？"

　　"我的头很疼。"波比说，不过她的头确实很疼。

　　"出什么事了吗？"妈妈问。

　　"我很好，没什么。"波比说道，同时她肿胀的眼睛向妈妈也传递着一个信息，这是在恳求妈妈，"不要在彼得和菲利斯面前问什么了"。

这顿茶点大家吃得并不尽兴。显然彼得知道波比出了什么事，所以很是担忧，也不怎么说话了，只是偶尔重复一句"请再给我一块黄油面包"。菲利斯则在桌子下面偷偷地抚摸波比的手，想给她一些安慰，可就在这时却不小心把杯子打翻了。去拿抹布擦打翻的牛奶似乎让波比好过了点，但她还是觉得这顿茶点那么漫长。不过任何事情总有结束的时候。当妈妈把茶碟拿出去时，她跟了出来。

"她出去承认错误了，"菲利斯对彼得说，"可我不知道她做错了什么。"

"我想是把什么东西打破了吧，"彼得说，"但她也用不着这么傻呀，即使是发生这类意外事件，妈妈也不会责怪咱们。你听！对了，她们上楼了，波比要把妈妈带到楼上让她看——我想是有鹳鸟的那个水壶。"

在厨房，当妈妈放下茶具时，波比抓住了妈妈的手。

"怎么了？"妈妈问。

波比只是说："上楼说吧，去一个没有人能听到的地方。"

她把妈妈带到自己的房间后，锁上了门，然后站着一动不动，而且一声不发。虽然在吃茶点时，她就一直在想怎么说，但最后决定还是这么告诉妈妈比较合适，"我都知道了"，"可怕的秘密再也不是秘密了"。可现在房间里只有她、妈妈和那张旧报纸，她却发现自己什么也说不出来了。

忽然她跑到妈妈身边，抱住她哭了起来。她还是说不出话来，只是反复叫："妈妈啊，妈妈啊！"

妈妈抱紧她，等待着她的回答。

突然波比从妈妈怀里挣脱出来，走到床边，从床垫下抽出了那张被藏起来的报纸，用颤抖的手指指着上面爸爸的名字。

"哦，波比，"妈妈立马瞥了一下指给她看的地方，然后叫了起来，"你不相信上面写的吧？你不相信爸爸会这么做吧？"

"不相信！"波比几乎是喊出来的。这时她也不哭了。

"没事，"妈妈说，"这不是真的，他们把他关了起来，但他什么坏事也没做。他是个好人，正直高尚，而且是咱们的家人。我们得想到这一点，为他自豪，等他回来。"

波比再次扑到了妈妈的怀里，又是重复说着一个词，这个词就是"爸爸"，她不断地说："爸爸啊，爸爸啊！"

"你为什么不告诉我，妈妈？"她随即问道。

"你会告诉彼得和菲利斯吧？"妈妈问道。

"不会。"

"为什么？"

"因为……"

"没错，"妈妈说，"这样你就明白我为什么不告诉你了。咱们两个必须互相支持，勇敢起来。"

"对，"波比说，"妈妈，如果你把事情的经过全部告诉我，会不会更不高兴呢？但是我想知道。"

于是波比紧靠着妈妈坐下，听妈妈讲了整个事情的经过。从妈妈口中她得知，在那令人难忘的最后的夜晚，也就是要修火车头那个晚上，两个说要见爸爸的人是怎么逮捕了他，他们说他把国家机密卖给了俄国人，说他是间谍、卖国贼。也知道了审讯的事和判刑的证据——在爸爸办公室的写字台里找到了一些信件，这些信件使得陪审团判定他有罪。

"啊，他们都见到他了，怎么还能相信这件事呢！"波比大叫道，"怎么会有人做这种事！"

"确实他们就这么做了，"妈妈说，"所有的证据都对他不利。那些信件……"

"是呀，那些信件怎么会在他的写字台里？"

"有人把它们放在那里了，放信的人才是真正的罪人。"

"那这个人在这段日子里肯定会良心不安的。"波比思索道。

"我不相信这种人有什么良心，"妈妈气愤地说，"如果他有，就不会做出这种事。"

"也许只是那个人自以为事情要暴露了，所以才把信件藏到爸爸的写字台里去了吧？你为什么不告诉律师或其他人，说这是别人干的不是爸爸呢？难道有人故意陷害爸爸？"

"不知道，我也不知道。你爸爸的一个手下，在这件可怕的事情发生后就接替了他的职位，这个人一直嫉妒他，因为他非常能干，受到了大家的爱戴，而你爸爸对这个人一直不大信任。"

"咱们难道不能把这些事解释给别人听吗？"

"没有人会听的，"妈妈痛苦地说，"根本没人听。你以为我没有想过办法吗？不是的，宝贝，我想尽了一切办法，但是都没用。你、我还有爸爸，咱们现在能做的就是要坚强，有耐心，还有……"接着她开始轻轻地说："祈祷，亲爱的。"

"妈妈，你瘦了好多。"波比突然说。

"可能是瘦了点。"

"哦，妈妈，"波比说，"我认为你是世界上最好、最勇敢的人。"

"这些事咱们以后就不再提了，好吗宝贝？"妈妈说，"咱们必须学会忍耐，变得勇敢。亲爱的，现在尽量别去想这件事，只要你能快乐点，生活得有趣点，我就好过多了。快去洗洗你可怜的小圆脸，咱们去花园里走走。"

彼得和菲利斯对波比很温柔，他们并没有问她发生了什么事。当然这是彼得的主意，他特意交代菲利斯这么做，否则她会问成百上千的问题。

一个星期后，波比乘机一个人出去了。她又写了一封信，这封信也同样是给老先生的。

我亲爱的朋友：

请您看看报纸上的这段新闻。这不是事实，我爸爸没做过那样的事。妈妈说有人把信件放到爸爸的写字台里了。那人原来是爸爸的手下，事后顶替了爸爸的职位，他嫉妒爸爸，而且爸爸怀疑他好长一段时间了，可没有人听妈妈的解释。您是那么善良，又那么聪明，还为那个俄国先生找到了太太和孩子。那您能不能调查出是谁出卖的国家机密呢？我以名誉担保这不是爸爸干的。他是一个真正的英国人，是不会这么做的。如果您能调查出来，他们就会放了爸爸。这件事真的非常可怕，妈妈因此瘦了很多。她曾经告诉我们要为所有关在牢里的人祈祷，我现在才明白她的心意。哦，请您帮助我。这件事只有我和妈妈知道，但我们无能为力。只要我活着就每天为您祈祷，希望您试一试——您只需要试一下查清这件事。试想如果您的爸爸也遭遇这样的事，您肯定和我的感受一样。请您一定帮助我！

爱您的小朋友

罗伯塔

　　附言：妈妈如果知道我写信给您，一定会让我向您问好，但我认为没有必要告诉她，万一您也无能为力呢。不过我知道您一定会尽力的。

最爱您的波比

　　她用妈妈那把大剪刀把报纸上审判爸爸的那篇新闻剪下来，连同自己写的信一起装进了信封，接着向火车站走去。

离开家时，她走的是后门，而且绕过了大路，这样彼得和菲利斯就不会看到她，也不会跟着她了。接着她把信交给站长，请他在第二天早上转交给老先生。

　　"你去哪儿了？"彼得在院子的墙顶上喊道，他和菲利斯正坐在上面。

　　"当然是去火车站了，"波比说，"彼得，拉我一把。"

　　她一只脚踩着院门上的锁，一只手拉着彼得伸出来的手也上了院子的墙顶。

　　"你们怎么了？"波比上到墙顶后问道，因为她看到彼得和菲利斯浑身是泥，还有一大块泥巴放在两人中间，他们脏乎乎的手里还拿着一块长石板。在彼得身后一个安全的地方有几团奇怪的东西，圆圆的，看起来像是粗粗的香肠中间凹了下去。

　　"这是鸟巢，"彼得说，"燕子的窝，我们打算放到炉子上烤干，用绳子把它挂到马车房的屋檐下。"

　　"是的，"菲利斯说，"然后我们再收集些羊毛和头发，到春天把它们铺进鸟巢，燕子肯定会非常高兴的。"

　　"我总认为人们对这些不会说话的鸟兽做的事情太少，"彼得好心地说，"我想人们在这以前可能已经想到给可怜的小燕子做窝了。"

"哦，"波比茫然地说，"如果大家什么事都能想到，那就没有什么事留给别人去想了。"

"看这些鸟巢，它们漂亮吧？"菲利斯说着伸手到彼得的身后拿了一个鸟巢。

"当心点，你这个小不点。"她的哥哥说道，可还是说得太晚了，菲利斯有力的小指头已经把那个鸟巢压扁了。

"这下糟了。"彼得说。

"没关系。"波比说。

"这是我做的，"菲利斯说，"所以你不用这么唠叨，彼得。我们已经把名字的首字母刻在了我们自己做的鸟巢上，这样燕子就知道该感谢谁，喜欢谁了。"

"燕子又不识字，傻瓜。"彼得说。

"你才是傻瓜呢，"菲利斯顶了彼得一句，"你怎么知道它们不识字。"

"不管怎么样，是谁想到做鸟巢的呀？"彼得大叫。

"是我。"菲利斯也扯着嗓子喊道。

"哼，"彼得回答说，"你只想到用干草做出来钉在常春藤上给麻雀住，这还不到产卵季节，就会霉烂的。是我说用黏土做给燕子住的。"

"我才不管你说什么呢。"

"看看，"波比说，"我把它弄好了，把棍子给我，我帮你把名字的首字母刻上。不过你们打算怎么刻呀？你名字的首字母缩写和彼得的一样呀，都是'P'。"

"我用'F'代替了我的名字，"菲利斯说，"发这个声音才对，燕子看到'P'肯定读不出菲利斯来，我非常确定。"

"它们根本不会识字。"彼得仍然坚持说。

"那么在圣诞节和情人节贺卡上，它们的脖子上为什么会有名字的字母呢，如果它们不会，它们怎么知道该去哪儿呢？"

"那只是图片而已，你肯定从来没有真的见过哪只燕子的脖子上有字母吧。"

"我是没有见过燕子的脖子上有字母，但我知道鸽子会识字。至少爸爸是这样告诉我的，虽然不是在脖子上，而是在翅膀下，但是它们和燕子一样会做同样的事，而且……"

"我说，"波比打断了他们的争论，"明天要玩'猎犬追兔子'的游戏了。"

"谁呀？"彼得问道。

"文法学校。帕克斯说野兔会先沿着铁路跑，咱们可以在路堑上边走边看，从上面可以看得很远。"

他们觉得谈猎犬追兔子游戏比谈燕子会不会识字有趣多了，这也是波比所希望的。第二天，妈妈让他们带上午饭去看一天"猎犬追兔子"。

"咱们顺着路堑走，"彼得说，"即使看不到'猎犬追兔子'，也能看到工匠。"

当然塌方发生后，要透过塌方掉落下来的岩石、泥土和树木看清楚铁轨，是要花费一些时间的。你还记得塌方事件吧，就是那次孩子们挥动法兰绒裙子做成的小旗子营救了火车。看人们工作是非常有趣的，尤其是当人们用铲子、鹤嘴锄、跳板和手推车这些工具工作时，就更有趣了。工人们用煤渣在带洞的铁炉里烧起红红的火，晚上在工地上还会吊着灯。当然孩子们晚上是不能出来的，不过有一次天黑后，彼得从他卧室的天窗爬到了房顶，看到远处路堑边上有红灯闪烁。孩子们常常下山来看工人干活，这一天他们对鹤嘴锄、铲子还有沿着跳板走的小车充满了兴趣，而且一个劲地跳来跳去，早把"猎犬追兔子"抛在了脑后，直到他们背后传来了一个气喘吁吁的声音："请让我过去。"原来这就是"野兔"———一个骨架很大的男孩，他的四肢柔软，黑黑的头发贴在湿乎乎的前额上。他的胳肢窝下夹着一袋碎纸片，布袋上有一条皮带搭过了他的肩头。孩子们站到后面去了。那"野兔"顺着铁路跑了过去，工人们倚着他们的鹤嘴锄看他。他不紧不慢地向前跑，接着就消失在了隧道口。

"这违反交通法规了。"工头说。

"担心什么？"最老的一位工人说，"我总说自己活着时也给别人留条活路，你难道没有年轻过吗，贝茨先生？"

"我应该去报告。"工头说。

"我不是也总说，'为什么要阻止体育活动呢'？"

"旅客禁止因任何借口越铁轨。"工头犹犹豫豫拿不定主意，低声抱怨道。

"他不是旅客。"一个工人说。

"他没有越铁路，我们也没有看到他越铁路。"另一个工人说。

"而且他也没有借口什么的。"又一个工人说。

"再说，"那个最老的工人说，"他现在也跑没影了，我不是也总说'眼不见，心不烦'吗？"

这时寻着"野兔"撒下的小纸片，"猎狗"追上来了。他们一共三十个人，三三两两地——一个，两个，三个，六个，七个——走下梯子似的陡坡。他们经过时，波比、菲利斯和彼得一一地数了数。前面几个人在梯脚犹豫了一下，看到了沿着铁路闪亮的白点，接着就转身向隧道走去。就这样又是三三两两——一个，两个，三个，六个，七个——消失在了隧道里。当最后有一个穿红运动衫的消失在隧道时，就像是一支蜡烛被熄灭了。

"真不知道他们跑进去干吗，"工头说，"黑乎乎地在里面跑可不容易呀，隧道里面有两三个弯要拐呢。"

"您是说他们通过隧道需要很长时间吗？"彼得问道。

"不用说也得一个多小时。"

"那咱们翻过山头，到另一边看他们出来吧，"彼得说，"咱们比他们到那边肯定要早得多。"这个主意不错，于是他们出发了。

他们爬上陡坡，就是在这里，他们采了樱桃花给野兔上了坟，接着就来到了路堑，看看隧道穿过的那座山可真是陡极了。

"就像是阿尔卑斯山。"波比气喘吁吁地说。

"或者是安第斯山。"彼得说。

"它像喜马什么山来着，"菲利斯倒吸了一口气，"像艾菲什么峰，咱们还是别去了。"

"坚持呀，"彼得喘着气说，"一会儿喘过气来就好了。"

菲利斯只好坚持下去，接着他们又跑了起来，这里草地很平坦，而且坡度也不大。他们爬过石头，抓住树枝登上岩石，钻过树木和岩石间的窄路，最后终于来到了他们向往已久的山顶。

"到了，"彼得大叫了一声，接着就趴在了草地上。山顶上的草地平坦得就像桌面，还有一些长着青苔的岩石和花楸树。

女孩们也都趴倒在了草地上。

"早着呢，"彼得喘着气说，"接下来还得走下坡路。"

他们休息得差不多后，坐起来开始向四周看，这时波比叫道："快看！"

"看什么呀？"菲利斯说。

"风景呀。"波比说。

"我讨厌看风景，"菲利斯说，"你呢，彼得？"

"咱们继续走吧。"彼得说。

"它可不像坐着马车在海滨看到的风景，全是大海、沙滩和光秃秃的山。这儿的风景像妈妈一本诗集里说的那样'彩色天地'。"

"没有那么多的灰尘，"彼得说，"看水道桥，它跨越了山谷，就像是一条大蜈蚣，还有镇上教堂的尖顶，它们在树丛里耸立，就像是插在墨水瓶中的钢笔。我想它们更像是'十二座美丽城市的旗帜，在那儿闪闪发光'。"

"我爱这儿的风景，"波比说，"爬上来真值得。"

"要是不错过'猎犬追野兔',爬上来才值得," 菲利斯说, "赶紧走吧,现在都是下坡路了。"

"这话十分钟前我就说过了。"彼得说。

"好吧,现在是我说了,"菲利斯说,"咱们走吧。"

"时间多得是。"彼得说道,确实时间还很充裕。他们下来到了和隧道口顶端平行的地方——他们少估计了大约两百码的路程,所以不得不顺着山,爬一段距离——可连"猎犬追野兔"的影子都没看见。

"他们肯定早走了。"当他们靠在隧道的矮护墙上时,菲利斯说道。

"我想不会的,"波比说,"就算他们走了也没什么,这里真是棒极了,咱们可以在这儿看火车像龙一样从隧道中驶出它的巢穴。咱们还没有这样从上面向下看过呢。"

"仅此一次了。"这是菲利斯没有那么生气了。

这里确实非常令人兴奋,隧道的顶端离铁路比他们想象得远多了,它看起来就像是在桥上,但这座桥上长满了矮树丛、爬藤、青草和野花。

"我肯定'野兔'和'猎狗'早走了。"菲利斯每两分钟都会说一次。在她听到趴在矮护墙上的彼得大叫"快看,他们出来了"时,也不知道自己是高兴还是失望。

他们赶紧把头伸出被太阳晒热了的砖墙看，这时"野兔"从隧道的阴影里慢慢地跑了出来。

"瞧，"彼得说，"刚才我就跟你说来着，'猎狗'马上就要出来了。"

确实"猎狗"很快地出来了——一个，两个，三个，六个，七个——全都慢慢地跑着，看起来累坏了。有两三个人掉队了，而且落了很远。

"好，"波比说，"他们全出来了，现在咱们该干什么呢？"

"咱们到那边的林子里吃午饭吧，"菲利斯说，"如果在高处，即使他们走几英里远，咱们还是能看见。"

"现在不能走，"彼得说，"还没有完全出来呢，还有一个穿红运动衣的'猎狗'，咱们看完再走吧。"

可他们等了好久，都没有看到这个穿红运动衣的"猎狗"。

"咱们快去吃午饭吧，"菲利斯说，"我的胃都饿疼了。那个穿红运动衣的'猎狗'和大家肯定一起出来了，只是你们没有看见罢了。"

但波比和彼得一致认为，他并没有和其他人一起出来。

"咱们去隧道口吧，"彼得说，"也许还能看到他从里面出来。我想他觉得有点头晕在里面休息呢。你先留在这里看着，我现在下去，一会儿我叫你了，你就下来。可能咱们刚才下来时，被树挡住了没看到他出来。"

彼得和菲利斯先下去了，等到他们招手示意，波比才开始下山。她同样也是顺着树根和苔藓间很滑的弯曲小路下山的，最后从两棵山茱萸树中间走出来，和他们两个在铁路上会合了。可还是没有看见穿红色运动衣的"猎狗"。

"咱们吃点东西吧，"菲利斯大叫，"再不吃我就饿死了，到时候你们会后悔的。"

"快把三明治给她，别让她再傻叫了。"彼得不客气地说。"那好吧，"他转身对波比说道，"也许咱俩也该吃点了，咱们需要增加点体力，不过顶多吃一块，因为没时间了。"

"急什么呀？"波比说着，嘴里已经塞满了东西，因为她和菲利斯一样非常饿了。

"你难道不明白吗？"彼得有点吃惊，"穿红运动衣的'猎狗'肯定出事了，也许咱们说话的这会儿工夫，他正躺着，把头靠在了铁轨上，快车驶来时他肯定动弹不得。"

"你以为这是写小说呢，"波比大口吞下了剩下的三明治，然后叫了起来，"过来，菲利斯，紧跟在我身后，万一有火车过来，就紧贴着墙站，然后拽紧你的裙子。"

"你再给我一块三明治，我就照你说的做。"菲利斯恳求道。

"我在前面走，"彼得说，"因为这是我的主意。"说着就走了。

你们当然知道隧道里是什么样的。火车头发出一声尖叫，然后隆隆的奔驰声接着就变了，变得比原来更响了。大人们把车窗关上。车厢里一下变成了黑夜，里面的灯也打开了。不过在短途的慢车里面是不装灯的。不一会儿，车窗外面的黑暗被抹上了一股股白烟，接着会看到隧道的墙上出现一道蓝色的光，然后火车奔驰的声音又变了回来，这时就重见天日了。大人们重新打开车窗，会发现车窗全被隧道里的黄色气体弄模糊了。出来隧道后，可以看到铁路边的电线一升一降，一排排整齐的山楂树篱，还可以看到在山楂树篱里，每隔三十码，就有一棵的小树。

当然所有的这些都是坐着火车穿过隧道时的景象，但如果在隧道里走，情况就完全不同了。你们会踩到从发亮的铁轨下斜向墙边的光滑石子，还会看到泥泞的细流在隧道里渗出，墙砖也不像隧道口那样是红色或棕色，而是黏黏的昏暗的绿色，看了让人作呕。说话的声音也不像在外面那样了，完全变了似的。要走很久才会觉得隧道完全漆黑一片。

菲利斯紧紧地拉住波比的裙子，在隧道还没有完全黑下来时，她居然把波比的裙褶撕破了大约半码长，可这时没有人注意到这件事。

"我要回去，"菲利斯说，"我讨厌这地方，马上就要完全变黑了，我不要在黑乎乎的地方走，不管怎样，我不想在这里面走。"

"别傻了，"彼得说，"我有蜡烛头和火柴，那是什么？"

这时铁路上发出一阵低沉的轰隆声，铁路旁边的电线在颤抖，而且他们觉得这声响越来越大了。

"火车来了。"波比说。

"是哪条铁路呀？"

"让我回去吧。"菲利斯一边从波比手里拼命挣脱，一边大叫道。

"不要害怕，胆小鬼，"波比说，"咱们很安全，向后退。"

"快来，"在前面几码领路的彼得叫道，"快，这里有个洞。"

后面驶来的火车发出的声响更大了。这比把头浸在浴缸的水里，开足两个水管，再用脚跟踢浴缸两边的洋铁皮听到的声音还大。不过彼得是在扯着嗓子喊的，所以波比听到了。她拖着菲利斯来到了洞口。菲利斯在脚下的电线上跌跌绊绊，两条腿都擦伤了。他们把她拉进洞里，三个人站在黑暗、潮湿的拱形洞里，这时火车的声音越来越大，几乎要把他们的耳朵震聋了。他们从很远的地方看见这双火眼越来越大，越来越亮了。

"它是一条龙……我很早以前就这么认为了……现在在这黑乎乎的隧道里，它现原形了。"菲利斯大喊道，但没有人能够听见她的声音，因为火车的声音比她的声音大得多。

这时火车飞速驶过来，发出巨大的轰鸣声和咔嗒声，车厢的灯光迅速闪过，让人眼花缭乱。伴随而来的还有一阵烟和一股热浪，火车在隧道的拱顶下发出了刺耳的铿锵声和回音。菲利斯和波比紧紧地靠在一起，就连彼得也抓住了波比的胳膊。不过事后他对此进行了辩解，说是担心波比害怕。

渐渐地火车的尾灯变得越来越小，声音也越来越轻了，最后火车嗖的一下驶出了隧道，潮湿的墙壁和滴水的拱顶重新恢复了平静。

"哦！"三个孩子全都轻轻地松了口气。

彼得用颤抖的手点亮了蜡烛头。

"来！"他说，但他似乎必须清清嗓子才能正常说话。

　　"哎呀！"菲利斯说，"不知道穿红运动衣的'猎狗'会不会在火车来的路上。"

　　"咱们得去看看。"彼得说。

　　"咱们不能去火车站叫些人吗？"菲利斯说。

　　"那你留在这里等我们怎么样？"波比严肃地问道，当然这样菲利斯就被搞定了。

　　于是三个人继续向隧道深处走去，彼得拿着蜡烛头在前面带路，蜡油顺着他的手指流下，有些甚至流到了他的袖子里。那晚在睡觉的时候，他发现从自己的手腕到胳膊肘，有一条长长的蜡油印。

　　离他们避火车的地点不到一百码，彼得一动不动地站着大叫了一声"有人吗"，接着就又加快了脚步。等她们两个追上来时，彼得停下了。在离进隧道一码远的地方，他停下了。菲利斯只见红色一闪就赶紧闭上了眼睛。那个穿红运动衣的"猎狗"就在布满石子的、弯曲的下行道旁边。他背靠着墙，双手无力地捶在两边，闭着眼睛。

　　"那红的是血吗？他死了吗？"菲利斯此时把眼睛闭得更紧了。

　　"什么死了？别瞎说！"彼得说，"除了他的衣服是红色的，哪儿还有什么红色的东西呀。他只是太累了，咱们怎么办呀？"

"咱们能把他抬走吗？"

　　"不知道，他个头很大。"

　　"咱们也许可以用水湿一下他的额头。咱们没有水，不过牛奶也行呀，咱们还有满满一瓶牛奶呢。"

　　"对，"彼得说，"我知道还有人给晕过去的人擦手。"

　　"我知道有人还烧羽毛。"菲利斯说。

　　"你说的话都没用，咱们哪儿来的羽毛。"

　　"可我就是有，"菲利斯得意地说，"我的口袋里有一只羽毛球，瞧。"

　　彼得给穿红运动衣的男孩擦手，波比在他的鼻子下面一根一根地烧羽毛球上的羽毛，菲利斯把温温的牛奶洒在他的额头上，三个人还尽可能快、尽可能真心地说："抬起头，和我说说话吧，求求你，快说话吧！"

第十二章　波比带了什么回家

"抬起头，和我说说话吧，求求你，快说话吧！"孩子们对着这个失去知觉的穿红运动衣的"猎狗"一遍遍地说，他靠在隧道边坐着，双眼紧闭，脸色苍白。

"用牛奶给他擦擦耳朵，"波比说，"我知道人们给晕过去的人用香水擦过耳朵，不过我想牛奶和香水应该都一样。"

于是他们用牛奶给他擦了耳朵，一些牛奶顺着他的脖子流进了运动衣里。隧道里太黑了，彼得把蜡烛头放在了一块平坦的石头上，它发出的光实在是太微弱了。

"快抬起头，"菲利斯说，"求你了。我想他死了吧。"

"求你了，"波比重复说道，"不，他没有死。"

"不管怎样，"彼得说，"都得弄醒他。"说着就开始摇晃这个男孩的胳膊。

这时男孩终于叹了一口气，他睁开眼睛，然后又闭上了，接着轻轻地说了一声："不用晃了。"

"他没死，"菲利斯说，"我就知道他没死。"然后她哭了起来。

"怎么了？我很好。"男孩说。

"把这个喝了。"彼得一边把那瓶牛奶塞到他嘴边，一边果断地说。但男孩却挣扎了起来，他想推开牛奶瓶问问"这是什么"，牛奶也洒了出来。

"是牛奶，"彼得说，"不要怕，我们是来帮助你的。菲利斯，你快别哭了。"

"快喝了吧，"波比非常友善地说，"这对你的身体有好处。"

于是男孩把牛奶喝了。他们三个人在一旁静静地看着他。

"让他休息一下，"彼得轻轻地说，"等牛奶像火一样流过身体，他就好了。"

的确如此。

"我现在好点了，"男孩对他们说，"我全想起来

213

了。"他试图挪动身体，却发出了一声呻吟，"不好！我想我的腿断了。"他说。

"你摔倒了吗？"菲利斯抽泣着问道。

"不，当然不是，我又不是小孩子，"男孩有点不高兴地说，"是被脚底下一根该死的电线绊倒了，我想站却站不起来了，所以只能坐在这里。哎呀！没想到我真的受伤了。你们怎么会来这儿呢？"

"我们看到你们所有的人都进了隧道，然后我们就穿过那座山来看你们从这里出来，但大家都出来了，只有你没出来，所以我们才组成了这支救助队。"彼得自豪地说。

"我不得不说你们勇气可嘉。"男孩说。

"这算不了什么，"彼得谦虚地说，"如果我们帮你一下，你能走路吗？"

"我可以试试。"男孩说。

他试了，可是只能用一条腿站，另一条腿被艰难地拖着。

"还是让我坐下吧，我感觉自己要死了。"男孩说。

"快放开我，快……"他躺下来闭上眼睛，而三个孩子在蜡烛头的微光中你看看我，我看看你。

"怎么办呀！"彼得说。

"现在听我说，"波比迅速地说，"你现在必须去找人帮忙，去最近的住所求救。"

　　"好吧，现在只有这个办法了，"彼得说，"走吧。"

　　"你抱着他的脚，我和菲利斯抱着他的头，咱们可以把他抬到那个洞里。"

　　于是他们就这样做了。受伤的男孩又昏了过去，不过这样也许更好。

　　"现在，"波比说，"我留下来陪着他，你们把最长的蜡烛拿走。哦，快点，这支蜡烛就要烧没了。"

　　"我想妈妈肯定不乐意我把你丢下，"彼得迟疑道，"还是我留下来，你和菲利斯去吧。"

　　"不，不行，"波比说，"你和菲利斯一起去，还有把你的小刀给我，在他醒之前必须想办法把他的靴子脱掉。"

　　"我希望咱们这样做没错。"彼得说。

　　"当然没有错了，"波比不耐烦地说，"难道还有别的办法吗？因为这里黑，就把他一个人丢下？不可能。快去吧，就这么办。"

　　于是他们赶紧出发了。

　　波比看着他们的黑影和小蜡烛发出的微光，顿时有一种奇怪的感觉，像是一切都要完了。她想自己现在总算知道，那些被活生生关在修道院里的修女是什么感觉了。忽然她从胡思乱想中唤醒了自己。

"你这个傻妞。"她对自己说。别人称她小妞时，她总是非常生气，哪怕这个称呼前面跟的不是"傻"而是"乖"，或者"好"，再或者是"聪明"。只有她非常生自己气的时候，才会这么称呼自己。

她把小蜡烛头黏在了男孩脚边的一块破砖上，然后打开彼得的小刀。这把小刀总是非常难弄开，总得有一块硬币帮忙才能撬开它。这次波比只是用大拇指的指甲就把它撬开了，但指甲却折断了，这让她感到很疼。接着她解开了男孩的鞋带，把他的靴子脱了下来。她试图把他的袜子脱下，但他的腿肿得厉害，感觉都变形了。于是她只好小心翼翼地把袜子割破。这是一只棕色的针织袜，她想这会是谁给他织的，是他的妈妈吧，不知道他的妈妈现在是否正在焦急地等他回家，等他回家后看到他的一条腿断了，她的妈妈会怎样呢？等到她把袜子脱下，看到这条可怜的腿时，感觉隧道更黑了，地面也在晃动，没有什么东西是真的。

"你这傻妞。"波比自言自语道，她感觉这样心里会舒服些。

"可怜的腿，"她心想，"如果有个垫子能垫在他的腿下该多好呀。"

她想起那天她和菲利斯脱下红色法兰绒裙子，用它们做旗子阻止了火车，最后避免了一场可怕的事故。虽然今天穿的法兰绒裙子是白色的，但同样非常柔软，于是她立马脱了下来。

"法兰绒裙子可真是太有用了！"她说，"真该为发明它们的人立个纪念像。"她大声地说，因为任何声音，即使是自己的，也能让人在黑乎乎的地方得到些安慰。

"立什么呀？给谁？"男孩突然问道，他的声音很微弱。

"哦！"波比说，"现在你感到好点了吧！别说话，要不会更疼了。"

她把法兰绒裙子叠好，抬起了他的腿，把裙子垫在了他的腿下面。

"千万别再晕过去了，求你了。"当男孩发出呻吟时，波比说道。她赶紧用牛奶弄湿手帕，敷在了那条可怜的腿上。

"哎呀，疼死了，"男孩缩成一团大叫道，"别，这样没……不过是舒服些了。"

"你叫什么名字？"波比问道。

"吉姆。"

"我叫波比。"

"但你是个女孩子呀。"

"是，我的大名是罗伯塔。"

"我说……波比。"

"怎么了？"

"刚才这里不是还有其他人吗？"

"是，那是我的弟弟妹妹，彼得和菲利斯，他们去找人来把你抬走。"

"名字可真够奇怪的，都是男孩子的名字。"

"对，我希望自己是个男孩子，你觉得呢？"

"我觉得你现在的样子更好。"

"我不是这个意思……我是说你不希望自己是个男孩子吗？当然你本身就是男孩子，谈不上希望。"

"你和男孩子一样勇敢。为什么不和他们一起去呢？"

"必须有人留下来照顾你。"波比说。

"告诉你吧波比，"吉姆说，"你真是个善良的人。来，咱们握握手吧。"男孩伸出手，波比紧紧地握住了它。

"我不能晃动你的手，"她解释道，"因为这样你的身体会晃动，腿也会跟着晃动，那么你该疼了。你有手帕吗？"

"我想我没有，"他摸了摸自己的口袋，"不对，我有，怎么了？"

　　她接过手帕，用牛奶沾湿，然后敷在了他的额头上。

　　"真有趣，"他说，"这是什么？"

　　"是牛奶，"波比说，"因为我们没有水……"

　　"你真是一位好护士。"吉姆说。

　　"我有时这样照顾妈妈，"波比说，"当然不是用牛奶了，是香水、醋或者水。我想现在必须把蜡烛熄灭了，因为一会儿抬你出去，另一支可能不够用。"

　　"的确如此，"他说，"你想得真周到。"

　　波比一吹，蜡烛灭了，你肯定想象不到这里有多么黑。

　　"我说，波比，"黑暗里传来了一个声音，"你不怕黑吗？"

　　"不……不……不是那么害怕……"

　　"咱们拉着手吧。"吉姆说。他真的非常善良，因为大多数和他年龄一样的男孩子最讨厌的就是亲吻呀、拉手呀，这些亲昵的表现。他们对这些很反感，把这些事情都称作是"婆婆妈妈"。

　　吉姆用自己那粗糙的大手拉住了波比，这让她觉得自己还是可以忍受黑暗的，而此时吉姆握住她那只光滑温暖的小手，惊奇地发现这也没有自己想象的那么令人反感了。波比想说些什么让他高兴起来忘记自己的疼痛，但谈话似乎在黑暗中难以进行，于是他们都保持沉默了。偶尔会有一两句话打破寂静——"你还好吧波比？"或是"我怕你很疼，吉姆，我很担心"。而且这里很冷。

彼得和菲利斯沿着长长的隧道朝着光亮走去，蜡油滴在了彼得的手指上。菲利斯的衣服挂到电线上被撕开了一条长缝，后来她又被自己松开了的鞋带绊了一跤，两手和膝盖都被擦伤了。

"这个隧道怎么没个头呢？"菲利斯说，不过它确实很长。

"坚持就是胜利，"彼得说，"任何东西都有尽头，只要你坚持，就能到达终点。"

想想这句话还真是有道理，而且在遇到困难时这句话对你会有很大的帮助，比如出麻疹时、做算术或写作文时、心里不高兴或是觉得没有人再爱你时，再或是你也不能——再也不能——爱其他人时。

"快点，"彼得突然说，"马上就到隧道的尽头了，看着就像黑纸上的一个针孔，对吧？"

针孔越来越大——隧道两边出现了蓝色的光，孩子们可以看到脸前的碎石路了，空气也变得清新温和。又走了二十步，他们已经沐浴在阳光下了，两旁是绿色的大树。

菲利斯深深地吸了一口气。

"只要我活着，就再也不会进这隧道了，"她说，"哪怕里面有两千亿穿着红运动衣的'猎狗'断了腿。"

"别傻了，"彼得又这么说，"你还是得进去。"

"我觉着自己真够勇敢的。"菲利斯说。

"才不是，"彼得说，"你进去不是因为你勇敢，而是因为我和波比不是卑鄙的人。好了，让我想想哪儿有离得最近的住宅，这里到处都是树，什么都看不见。"

"那边有一个房顶。"菲利斯指着铁路那边说。

"那是信号室，"彼得说，"你知道，信号员在执勤时咱们是不能跟他说话的，那样做是不允许的。"

"我连隧道都进去了，还怕做什么错事，"菲利斯说，"快走吧。"说着就开始沿着铁轨跑，彼得也跟了上去。

在阳光的照射下，他们感到很热。等他们跑到信号室，已经是大汗淋漓、上气不接下气了。他们转过脸向信号室的窗户里看，然后气喘吁吁地大声喊道："有人吗？"但是没有人应答，此时信号室就像是空无一人的幼儿园。他们轻轻地上了台阶，两边的栏杆也热得烫手。接着他们透过开着的门开始窥视，信号员正坐在一把顶着墙的椅子上，脑袋耷拉着，还张着嘴。他睡着了。

"天呀！"彼得大喊道，"快醒醒！"他的声音大得吓人，因为他知道如果信号员在执勤时睡觉就会被解雇，抛开这个不说，更严重的是可能发生可怕的车祸，因为火车需要他来通知什么时候行车安全。

可信号员一动不动，于是彼得向他跳了过去，接着开始摇晃他。这时他打着呵欠，伸着懒腰慢慢地醒了。可他一醒来就跳了起来，双手抱着头，就像菲利斯后来说的那样"简直就是疯子"，然后大叫道："我的天，现在几点了？"

"十二点半。"彼得说。其实他是看了信号室墙上那个白色钟面的圆形钟表之后才说的。

那人看了看表，迅速向控制杆扑了过去，然后这边转转，那边摇摇。这时一个电铃铛铛地响了，电线和曲柄发出咯吱咯吱的声音。接着那人一屁股坐在了椅子上，他脸上苍白，额头上冒出的大汗滴就像是洋白菜上的露珠，这是菲利斯事后做的比喻。同时他还在不断地哆嗦，孩子们看到他那毛毛的大手不断发抖，就是彼得事后所说的"特别强烈地哆嗦"。他深深地松了一口气，突然大叫道："感谢上帝，感谢上帝让你们进来了！"他的肩膀开始抽动，脸也变红了，接着用自己毛毛的大手捂住了脸。

"不要哭，"菲利斯说，"现在没事了。"接着她拍了拍他宽大的肩膀，彼得则温柔地拍了拍他肩膀的另一边。

可是那人好像有点崩溃了，孩子们拍了他好大一会儿，他才找到了自己的手帕——一条红色手帕，上面印有紫色和白色的马蹄铁——一边擦脸一边说话。孩子们在拍他肩膀时，一辆火车轰隆隆地开了过去。

"真是不好意思，"大个子信号员哭完后说，"像个小孩儿一样哭鼻子。"这时他突然有点生气，"你们来这里干什么？"他说，"你们应该知道这是不允许的。"

"是，"菲利斯说，"我们知道不允许，但是我们不怕做错事，而且我们这么做似乎没有错，如果我们没有来，您该遗憾终生了。"

"上帝保佑你们……万一你们不来……"他停了一下，继续说，"执勤时睡觉真丢人，如果让人知道……即使没闯大祸……"

"我们不会告诉别人的，"彼得说，"我们不是那种打小报告的人。不过您真不该在执勤时睡觉，太危险了。"

"这个不说我也知道，你们还不如说些我不知道的事呢，"那人说，"但是我也控制不住自己了，我很清楚这么做的结果。但我没法脱身，因为他们找不到人来接我的班。告诉你们吧，连着五天我睡得还不到五分钟。我的小伙计病了，得了肺炎，现在除了我和他的妹妹就没有人替他上班了，事情就是这样的。那姑娘必须得睡觉。很危险吧？当然危险了。我相信你们，不过你们要告发就随便吧。"

"我们当然不会了。"彼得生气道，可菲利斯除了信号员开头的几句话，其他的全没听进去。

"您说让我们告诉您一些您不知道的事，"菲利斯说，"那好吧，我就给您说一件，隧道里有个穿红运动衣的男孩，他的腿受伤了。"

"他干吗要去黑乎乎的隧道里呢？"那人问。

"您别生气，"菲利斯温柔地说，"我们可没有做错什么事，除了来这儿叫醒了您，不过这件事现在也没错。"

接着彼得向他说了隧道里男孩的情况。

"原来是这样，"那人说，"不过我好像是爱莫能助呀，因为我不能离开信号室。"

"您可以告诉我们该去哪儿找人帮忙呀。"菲利斯说。

"你们看那边，就是树木丛中冒烟的地方，那是布里哥顿的农场。"他说道，不过此时菲利斯发现他的脾气越来越坏了。

“好的，那就再见吧。”彼得说。

但是那人却说：“等一下！”说着把手伸进口袋拿出来一些钱——几个铜币和几个银币。接着他拿出两先令递给了他们。

“拿着，”他说，“不过你们要对今天的事守口如瓶。”

一阵不愉快的沉默过后，接着——

“您这个人可真不怎么好。”菲利斯说。

彼得走上去，把那人的手一拍，两个先令掉了下来，开始在地板上滚。

“万一我要告发，就告发这件事。”彼得说，“咱们走，菲利斯。”红着脸大步走出了信号室。

菲利斯犹豫了一下，接着她拉住那人依旧呆呆伸着的手，就是这只手刚才拿着先令。

“我原谅你，”她说，“即使彼得不原谅你。您现在的情绪还没有恢复过来，否则您不会这样的，我知道睡眠不足会让人疯掉的，妈妈跟我这么说过。我希望您的小伙计能够尽快痊愈，还有……”

“快点，菲利斯。”彼得不耐烦地叫道。

“我向您保证我们不会说出去。咱们亲一下做个朋友吧。”菲利斯觉得自己非常高尚，因为她平息了这次争吵，不过即使争吵起来，她也没有错。

那人弯下腰亲了亲她。

"我想我确实脑子有点晕了，小姐，"他说，"你们赶紧回家吧，我并不想让你们苦恼。"

于是菲利斯离开了燥热的信号室，和彼得一起穿过田野来到了农场。

等菲利斯和彼得带着农场的人抬着担架来到隧道里时，波比和吉姆都睡着了。事后医生说吉姆是因为疼得受不了睡着了。

"他住在哪里？"等吉姆被放到担架上抬起来时，农场主人问道。

"若森伯兰。"波比说。

"我在少女桥那边上学，"吉姆说，"我想我得回去。"

"但我觉得你应该先去看医生。"农场主人说。

"把他抬到我们家吧，"波比说，"这儿离我们家很近。妈妈肯定支持咱们这么做。"

"把一个腿受伤的陌生人带到你们家，你们的妈妈会同意吗？"

"她自己也把那位可怜的俄国先生带回了家，"波比说，"我知道她一定赞成。"

"好吧，"农场主人说，"你应该先征求你妈妈的同意，如果不事先征求我夫人的同意，我是不敢把人带回家的，虽然他们都管我叫主人。"

"你确定你妈妈不介意吗？"吉姆悄悄地问。

"我当然确定。"彼得说。

"那就让我的小伙计骑上自行车去请医生吧！好伙计们，轻轻地把他抬起来，不要乱晃，一二三，出发！"

妈妈正在写一个故事，里面讲到了一位公爵夫人、一个搞阴谋的坏人、一个秘密通道和一份丢失的遗嘱。这时她工作室的门砰的一下打开了，她放下笔回过头看，只见波比没戴帽子，跑得满脸通红。

"妈妈，"她叫道，"快下来，我们在隧道里发现了一只穿红色运动衣的'猎狗'，他的腿受伤了，我们把他带了回来。"

"那你们应该带它去看兽医呀，"妈妈担心地皱了皱眉，"咱们家可不能收养一只瘸腿狗。"

"他不是狗，其实他是个男孩。"波比笑得喘不过气了。

"那你们应该把他抬回家，送到他自己的妈妈身边。"

"他的妈妈去世了，"波比说，"他的爸爸在若森伯兰。哦，妈妈，你会好好待他吧？我告诉他你会非常乐意我们把他带回来的，因为你总是爱帮助大家。"

妈妈笑了，但又叹了一口气。孩子们相信你会向任何一个需要帮助的人敞开大门和心扉，这是件好事。但当他们相信什么就做什么时，又让人感到很为难。

"那好吧，"妈妈说，"咱们就尽全力做好吧。"

吉姆被抬进来时，脸色惨白，而且嘴唇也发紫了。这时妈妈说："很高兴你们把他送到这里来，在医生来之前，我们必须让你在床上躺得舒服点。"

吉姆看着她慈祥的眼神，心头突然涌起了一股暖流，这让他感觉很惬意，也重新找回了心中的勇气。

"当然会很疼，"他说，"不过我不是胆小鬼，如果我又昏过去，千万别以为我是个胆小鬼，好吗？我绝对不是有意那样的，而且我真的不想给您添麻烦。"

"别担心，"妈妈说，"遇到麻烦的人是你，不是我们，可怜的孩子。"

她像亲彼得那样亲了亲他。"很高兴你来我们家，对吧，波比？"

"是的。"波比说。从妈妈脸上的表情，她看到了把这个穿红运动衣的受伤"猎狗"带回家是个正确的选择。

第十三章　"猎狗"的爷爷

　　那天妈妈没有再回去写她的故事，因为孩子们把穿红运动衣的"猎狗"带回了"三个烟囱"，她必须把这个孩子安置到床上。接着医生来了，弄得男孩疼得厉害，还好妈妈一直陪着他，这让医生的治疗似乎顺利了不少，而且正如维尼夫人说的那样，"这男孩可真是不幸中的万幸"。

　　孩子们坐在楼下的客厅里，听着医生的靴子在卧室的地板上走来走去，偶尔还听到了几声呻吟。

　　"太可怕了，"波比说，"我希望弗罗斯特先生能快一点，可怜的吉姆！"

　　"是很可怕，"彼得说，"不过也很刺激。希望医生不会对屋里干活的人太神气。其实我最想看接骨了，相信一定会发出咯吱咯吱的声音。"

"别说了。"女孩们立马同时说道。

"真没用！"彼得说，"你们连我说骨头咯吱咯吱响都害怕，还怎么当护士呀？亏你们一路上都说要当护士呢。战场上你们必须得听骨头的咯吱声，而且必须把手伸进胳膊肘的伤口，不管你们愿不愿意。"

"别说了，"波比脸上惨白地大叫道，"我觉得你真够可笑的。"

"我也这么觉得。"菲利斯红着脸说。

"你们这些胆小鬼。"彼得说。

"我才不是呢，"波比说，"你的腿被耙子弄伤时，是我帮着妈妈照料你的，还有菲利斯——我想你也知道。"

"那好吧，"彼得说，"从现在起，我每天跟你们说半个小时骨头断裂或是人体内脏什么的，让你们适应一下，这对你们可是大有裨益的。"

楼上传来了一把椅子挪动的声音。

"快听，"彼得说，"这是骨头发出的咯吱声。"

"我希望你千万别说了，"菲利斯说，"波比讨厌死你了。"

"我现在告诉你们，他们是怎么接骨的。"彼得说。

真不知道他怎么会变得这么可怕，也许是因为这一天他表现得过于善良了，所以现在要变一下。有时一个人长时间表现得特别好，好得超过了平时，接着就会来个急转弯。

"我来告诉你们，他们是怎么弄的，"彼得说，"为了不让断腿的人影响或者反抗医生的工作，医生会把他绑起来，然后一些人按住他的头，另一些人按他的腿，就是断了的那条腿，然后不断地向后拉，直到腿被接上。当然提醒你们一下，骨头会不断发出咯吱咯吱的声音。最后医生会帮他包扎好。那咱们现在来玩接骨游戏怎么样！"

"不要。"菲利斯说。

但波比突然说："好吧，咱们玩吧！我当医生，菲利斯当护士，你就当断腿的人。我们来给你接骨会更方便，因为你穿的不是裙子。"

"我去准备夹板和绷带，"彼得说，"你们去准备病床。"

从原来家里运箱子时，所有用来捆木箱的绳子都放在地下室的一个大箱里。当彼得把乱糟糟的一团绳子和两块用来作夹板的木板拿来时，菲利斯兴奋地笑了起来。

"好了。"说着彼得就躺在了长木椅上，痛苦地呻吟起来。

"别这么大声！"波比说着就开始用绳子把彼得往椅

子上绑，"你来拽一下，菲利斯。"

"不要那么紧，"彼得呻吟着说，"你们会伤到我另一条腿的。"

波比一声不吭，只管把绳子一圈圈地往他身上绕。

"够了够了，"彼得说，"我几乎动不了了，我可怜的腿。"他再次呻吟道。

"你确定不能动了吗？"波比用奇怪的口气问道。

"非常确定，"彼得回答，"现在咱们能开始流血的过程了吧？"彼得兴奋地问道。

"你想怎么玩就怎么玩吧。"波比严肃地说。她双手交叉，看着被牢牢捆在长椅上的彼得。"我和菲利斯要走了，除非你答应我们不再说什么流血伤口之类的事情，我们才把你放开。走吧，菲利斯。"

"你们这些坏家伙，"彼得在长椅上不断扭动身体，"我才不会答应你们呢，永远永远都不会，我只要大声叫，妈妈就会来的。"

"那太好了，"波比说，"你叫吧，你最好告诉她为什么被绑了起来。走吧，菲利斯。我们才不是坏蛋呢，刚才求你不要说，你偏要说……"

"对了，"彼得说，"这甚至都不是你自己想出来的主意，你是从'跟踪鬼'那儿学来的。"

波比和菲利斯一声不吭，然后神气地离开了。在门口她们遇到了医生，他搓着手进来，一副高兴的样子。

"好了，"他说，"我的任务完成了。是骨折，不过情况不糟，我敢肯定手术进行得很顺利，而且这个男孩非常勇敢。这是怎么了？"

他看到彼得被捆在了长椅上，而且像只小老鼠似的一声不响。

"你们是在玩抓犯人的游戏吗？"说着他的眉毛向上抬了一下。他肯定想不到楼上在接骨，楼下他们也在玩接骨游戏。

"不，"波比说，"我们玩的不是抓犯人，而是接骨。彼得是断腿的人，我是医生。"

"我是护士。"菲利斯高兴地插话道。

此时医生皱了皱眉。

"我必须说的是，"他严肃地说，"这是一个残酷的游戏。你们难道想象不出楼上的卧室里是什么情形吗？可怜的孩子额头上冒着大汗，紧紧地咬着嘴唇不让自己叫出来，每次碰他的腿，他都会疼得厉害……"

"你就该被绑起来，"菲利斯说，"你坏得像……"

"闭嘴，"波比说，"很抱歉，不过我们并不残忍，真的。"

　　"我想你要说的残忍的人是我吧，"彼得生气道，"好了，波比，你别装好人替我掩饰了，我不需要你这么做。是我一直不停地给她们讲流血和受伤的事，我是想把她们训练成护士。她们让我住口，但我不肯。"

　　"后来呢。"弗罗斯特先生说着坐了下来。

　　"后来我说玩接骨游戏。我只是说着玩呢，因为我知道波比肯定不干，但没想到她居然同意了。所以我只好奉陪到底，她们学着'跟踪鬼'把我绑了起来。这可真是太丢脸了。"

　　他设法挣扎着，想把脸藏在长椅的靠背后。

　　"我可没想让别人看见，"波比很不高兴地说，因为彼得并没有老实说出那些指责她的话，"我没想到您会进来。听到彼得说流血和受伤的事让我觉得很可笑。我们把他绑起来是逗他玩呢。我们这就给你解开绳子，彼得。"

　　"你永远不解绳子我也不在乎，"彼得说，"反正开这个玩笑是你的主意……"

　　"我要是你们呀，"医生也不知道说他们什么好，"我会在你们的妈妈下来前把绳子松开，你们现在肯定不想让她心烦吧？"

　　"不过我可没有答应你们不再说受伤的事。"彼得坚定地说，这时菲利斯和波比已经开始动手解绳子了。

"对不起，彼得，"波比一边靠近他去解长椅下的一个大绳结，一边小声说，"但要知道你真的让我感到非常难受。"

　　"我也可以告诉你，你这样令我也非常难受。"彼得回答说，接着他甩掉身上松开的绳子，站了起来。

　　"我进来是想看看你们谁能跟我到诊所去一趟，"弗罗斯特先生说，"你们的妈妈急需一些药，可是我今天让我的助手休假去看马戏了，你能跟我去吗，彼得？"

　　彼得一声不吭，也没有看两姐妹一眼，就跟医生走了。

　　他们两个一声不响地走到院门，院门前"三个烟囱"的田地直通大路。

　　接着彼得说："我来帮您拿包吧。我说，它很沉呀，里面装的是什么呀？"

　　"哦，是治疗受伤人用的手术刀、止血针之类的工具。还有一瓶麻醉药，我必须给他用些麻醉药，不然就太疼了。"

　　彼得没有说话。

　　"给我讲讲你们是怎么找到这个男孩的。"弗罗斯特先生说。

　　彼得把事情的经过告诉了弗罗斯特先生，接着他给彼得讲了一些勇敢救人的故事。之后彼得说，他是自己见过的最善言谈的人。

到了诊所，彼得好好看了看医生的天平、显微镜、温度计和量杯，这可是个千载难逢的好机会。药准备好了，彼得要回家时，医生忽然对他说："请原谅我多管闲事，我想对你说几句话。"

彼得心想他一定会批评自己，因为他本来就想这顿批评是逃不过的。

"说几句跟科学相关的话。"他补充道。

"好的。"彼得一面答应，一面摆弄医生用来压纸张的菊石化石。

"这么说吧，"医生说，"男人要做世上的所有事情，而且什么也不能怕，所以他们必须强壮勇敢。可女人要照料她们的孩子，摇他们睡，看护他们，所以必须非常耐心温柔。"

"对。"彼得回应着，可不知道他要说什么。

"那么你想，男孩和女孩只是没有长大的男人和女人。咱们要比她们坚强（彼得非常喜欢'咱们'这个词，也许医生知道他会喜欢），而且要比她们更健壮，能够伤害到她们的东西却伤害不了咱们。你也知道不能打女孩子……"

"对，我想是这样。"彼得不高兴地嘟囔了一句。

"哪怕是自己的姐妹也不能打，因为女孩比咱们脆弱，比咱们容易受到伤害。但她们天性就必须如此，"他补充道，"如果她们不这样，就没法好好照顾孩子。这就是为什么所有的动物都会善待自己妈妈，因为妈妈从来不打它们。"

"我明白，"彼得感兴趣地说，"如果把两只雄兔放在一起，它们可能每天打架，但是它们不会伤害雌兔。"

"不仅是小动物，许多大型野兽——大象和狮子——它们同样对异性非常温柔。所以咱们也应该如此。"

"我明白了。"彼得说。

"她们的心肠也软，"医生接着说，"咱们不应该伤她们的心。所以一个男人不仅要当心自己的拳头，还要当心自己说的话。你知道她们有时也很勇敢。"他继续说道，"想想看波比居然一个人在隧道里照顾那个男孩。这很奇怪——一个女人越是脆弱，越是容易受到伤害，就越是能鼓起勇气去做自己必须做的事。我见过许多坚强的女性，你妈妈就是其中一位。"说到这里他停住了。

"是的。"彼得说。

"就说到这里吧，请原谅我说这些话，如果不讲出来，一些道理人们可能并不明白。现在你明白了吧？"

"我明白了，"彼得说，"实在很抱歉。"

"当然你会感到抱歉，人们一旦明白就会这样。每个人都应该知道这些科学道理。再见吧！"

他们俩亲密地握了握手。彼得回到家后，波比和菲利斯都迟疑地看着他。

"咱们别吵架了，"彼得说着把篮子放在了桌上，"弗罗斯特先生和我谈了一些科学道理。不过没有必要把他的话说给你们听，因为你们是不会明白的。不过内容大约就是说你们女孩子非常柔弱、娇小，就像兔子那么容易害怕，所以我们男孩子必须容忍你们，他说你们是雌兽。这些东西是我拿上去给妈妈，还是你们拿上去呀？"

"我知道男孩子是什么样子，"菲利斯红着脸说，"他们就是粗鲁野蛮……"

"他们很勇敢，"波比说，"不过是有时候。"

"难道你们说的是楼上那个男孩吗？我明白了，随你们说吧，菲利斯，不管你说什么我都会忍耐，因为你是一个可怜、脆弱、温柔、容易害怕的……"

"要是我揪着你的头发，你就不这么说了。"说着菲利斯就向他扑了过来。

"他说过要讲和了，"波比把菲利斯拉到了一边，"难道你不明白吗。"当彼得拎着篮子昂首阔步上楼时，波比悄悄地说："其实他很愧疚，只是不肯说罢了，还是咱们给他先说‘对不起’吧。”

"那他该觉得咱们假正经了，"菲利斯迟疑道，"他说咱们是雌兽，非常柔弱还容易害怕……"

"咱们就让他看看，不要怕他说咱们假正经，"波比说，"咱们不是野兽，他才是呢。"

当彼得又昂首阔步回来时，波比说："很抱歉，我们刚才把你绑了起来。"

"我想你们肯定会给我说‘对不起’的。"彼得即严肃又高傲地说。

这真是让人难以忍受，但波比却说："我们既然这么说了，咱们以后就互相尊重吧。"

"我不是刚刚说过讲和了吗？"彼得生气地说。

"那咱们就讲和了，"波比说，"来，菲利斯咱们去烧点茶，彼得，你可以把台布铺一下。"

"我说，"菲利斯说道，她打破了从开始吃茶一直持续到现在洗茶碟的沉寂，"弗罗斯特先生难道真的说我们是雌兽吗？"

"是呀，"彼得坚定地说，"但我想他的意思就是说，我们这些男人也是野兽。"

"他可真有趣呀！"说着菲利斯打破了一个茶杯。

"我能进去吗，妈妈？"彼得站在妈妈的书房门口叫道。此时妈妈坐在桌子旁边，脸前点了两支蜡烛，在灰蓝色天空的映衬下，它们的光看上去是橘黄和紫色的。天上已经有几颗星星在闪烁了。

"进来，宝贝，"妈妈心不在焉地说，"出什么事了吗？"她又写了几个字，然后停下笔，把写好的东西折了起来，"我正在给吉姆的爷爷写信，你知道他就住在附近。"

"对，吃茶点的时候你说过了，这就是我来找你的原因。你非要写信吗？咱们不能把吉姆留下来，等他好了再告诉他的家人吗？这样他们会大吃一惊的。"

"是的，"妈妈笑着说，"我想他们会大吃一惊的。"

"你看，"彼得接着说，"女孩们当然很好了，我可不是在说她们的坏话，不过我希望有时候和男孩说说话。"

"是的，"妈妈说，"我知道你现在过得有点乏味，但是没办法了。也许明年我可以把你送到学校去，你一定会高兴吧？"

"我确实很想念其他孩子，"彼得承认道，"不过吉姆的腿好后能够留下来，我们就可以好好玩了。"

"我对这点并不表示怀疑，"妈妈说，"他可以留下，不过你也知道宝贝，咱们家的经济并不宽裕。现在咱们支付不起他需要的各种东西，更何况他需要一名护士。"

"那你不能照顾他吗，妈妈？你照顾人很周到的。"

"你别夸我了，彼得，但我不能一边照顾他一边写东西呀。这才是最头疼的问题。"

"那你必须写信给他的爷爷了？"

"当然，还要写信给校长，我已经给他们都发过电报了，不过我还是再写封信比较好，他们一定担心极了。"

"我说妈妈，他的爷爷为什么不能出钱给他请个护士呢？"彼得建议说，"那样的话就好极了，我希望他的爷爷非常富有，小说上通常都是这样的。"

"好了，这可不是小说，"妈妈说，"所以咱们并不能抱这样的幻想。"

"我说，"彼得沉思着说，"如果咱们就是在小说里，而你又在把它写成故事，那该多有趣呀。这样你就能让各种快乐的事发生了，吉姆的腿明天就好，爸爸马上回来……"

"你们很想念爸爸吗？"彼得感觉到妈妈的语气很生硬。

"当然很想了。"彼得的回答很简短。

妈妈把第二封信装进信封，写上地址。

"你看，"彼得慢慢地说下去，"爸爸走之后，家里就剩下我一个男人了，所以我非常希望吉姆能够留下来。你会不会把这个故事写在小说里，妈妈？如果写的话，记得让爸爸也赶快回来。"

妈妈突然抱住了彼得，静静地待了一会儿，接着说："想到咱们都在上帝的作品里，你不觉得高兴吗？如果是我写书，我可能会犯错误。但上帝知道怎么让故事有个恰当的结尾，这个结尾往往是最适合咱们的。"

"你真的相信吗，妈妈？"彼得轻轻地问。

"是，我相信，"妈妈说，"我通常都相信，不过在我非常难过时，我就什么都不相信了。但即使不相信了，我也知道那是真的。我努力让自己相信，彼得，你肯定不知道我是多么的努力。好了，现在你到邮局把这两封信寄出去，不要再难过了，咱们应该勇敢，这可是最宝贵的品格。我敢说吉姆还会在这里住两三个星期。"

这天晚上彼得好得像个天使，波比非常担心他是不是病了，直到第二天早晨看见他在椅子后给菲利斯梳辫子，这才放了心。

刚吃完早饭，就有人敲门。因为有人要来看吉姆，孩子们正在使劲地擦那些铜烛台。

"肯定是医生，"妈妈说，"我去看看，把厨房门关上，你们现在的样子不方便见人。"

但来的不是医生，一听说话的声音和上楼靴子发出的声音，他们就知道不是。从鞋子的声音他们并不能听出是谁，但是那人的说话声音他们断定以前听到过。

等了好长时间，说话声和靴子声都没有下来。

"会是谁呢？"他们不断问自己，接着又互相问来问去。

"可能弗罗斯特先生半路遇到了强盗，"最后彼得说，"快要死了，这是他发电报请来代替他的人。维尼夫人不是说，他去度假的这段时间请了一个本地人来帮他吗？您说过的，是吧维尼夫人？"

"是，我是这么说过，宝贝。"维尼夫人在厨房后面说。

"他可能晕倒了吧，"菲利斯说，"没人能治好，这个人是来给妈妈报信的。"

"胡说，"彼得迅速说道，"如果那样的话，妈妈不会把他带到吉姆的房间呀。她为什么带他上去呀？听，门开了，他们就要下来了，我来把厨房的门打开个缝。"

他就这么做了。

"这不是偷听，"彼得非常生气地反驳了波比对他的中伤，"没有人会在楼梯上说秘密。而且妈妈和弗罗斯特先生的马夫也没什么秘密可讲吧……还是你说他是马夫的。"

"波比。"妈妈叫道。

他们打开了厨房门，看见妈妈从楼梯栏杆上探出身来。

"吉姆的爷爷来了，"她说，"快去洗洗你们的脸和手，这样你们才能见他，他说想见见你们！"接着卧室的门又关上了。

"原来是这么回事，"彼得说，"咱们竟然没想到是他。快给我们弄点热水，我的脸现在比您的头发还要黑了。"

他们三个实在是太脏了，因为擦烛台用的工具还没有清洁工人用的工具干净。

当他们还在忙着用毛巾肥皂洗脸洗手时，听到靴子声和说话声从楼上下来后进了餐厅。他们洗干净后，虽然手还是湿乎乎的——当然把手弄干需要一些时间，就已经迫不及待地要见吉姆的爷爷了，他们一下子拥进了餐厅。

妈妈正坐在靠窗的座位上，爸爸在家时经常坐的皮扶手椅上却坐着——他们的老先生！

"啊，真是想都不敢想。"彼得还没有问好，就先说了这句话。事后他说自己当时太惊奇了，哪里还记得还有礼貌这回事，更别说问好了。

"是咱们的老先生！"菲利斯说。

"原来是您呀！"波比说。直到这时他们三个才想起来礼貌这回事，然后赶紧向老先生问了好。

"这位是吉姆的爷爷。"妈妈是这么称呼老先生的。

"真是太神奇了！"彼得说，"真的就像是书上的故事，你说对吧，妈妈？"

"很对，"妈妈微笑着说，"有时生活里发生的事和书上确实很像。"

"原来是您呀，我真是太高兴了，"菲利斯说，"世界上有这么多老先生，可竟然是您。"

"不过，我说，"彼得说，"您要把吉姆带走吗？"

"现在先不带他回去，"老先生说，"你们的妈妈真是太善良了，同意让他在这里多待些日子，本来我想请一位护士，但是你们的妈妈太好了，说由她亲自照顾他。"

"可她怎么写东西呢？"大家还没来得及拦住彼得，他就已经脱口而出了，"如果妈妈不写东西，就没什么让他吃了。"

"没事的。"妈妈急忙说道。

老先生慈祥地看着妈妈。

"我明白了，"他说，"您非常信任您的孩子们，有话会跟他们说。"

"当然了。"妈妈说。

"那我就告诉他们咱们之间的小小约定吧，"他说，"宝贝们，你们的妈妈已经同意暂时停下写作，开始担任我医院里的护士长了。"

"哦？"菲利斯茫然地说，"难道咱们要离开'三个烟囱'，离开铁轨和所有的一切吗？"

"不，不，宝贝。"妈妈赶紧说道。

"医院就叫'三个烟囱医院'，"老先生说，"我那不幸的吉姆就是里面唯一的病人，我希望他继续住院。你们的妈妈来当护士长，医院员工还包括一位保姆和一名厨师——直到吉姆完全康复。"

"那么之后妈妈就可以重新开始写作了？"彼得问道。

"那就走着瞧吧，"老先生很快地瞟了波比一眼，接着说道，"也许有好事发生，她以后就不用写作了。"

"不过我喜欢写作。"妈妈赶紧说。

"这我知道，"老先生说，"您不用担心我会干预您写作。不过一些事情很难说，万一有好事发生呢？只要我们活着就一直会有这样的希望。我可以再来看吉姆吗？"

"当然可以，"妈妈说，"您能让我照顾这么一个可爱的孩子，我真不知道怎么感谢您。"

"他晚上一直叫妈妈，"菲利斯说，"我醒两回都听到他叫了。”

“他叫的不是我，”妈妈低声对老先生说，“所以我非常想照顾他。”

老先生站了起来。

“你能照顾他，”彼得说，“我真是太高兴了，妈妈。”

“照顾好你们的妈妈，孩子们，”老先生说，“她可是百里挑一的好女人呀。”

“那当然了。”波比暗自说道。

“上帝保佑她，”老先生握着妈妈的双手说，“上帝保佑她，她会得到保佑的。哎呀，我的帽子呢？波比你可以陪我走到院子门那儿吗？”

到院门时，他停了下来。

“你是个好孩子，我收到了你的信。但这封信不重要了，因为我在报纸上读到你爸爸的案子时，就有所怀疑了。自从我知道你们是他的家人后，我就一直在努力调查这件事。可目前我还没有什么收获，不过咱们还是有希望的，孩子。”

“哦！”波比说不出话来。

“可以说是很大的希望。但你要把这个秘密再保守一段时间。咱们不能把空头希望告诉你的妈妈。”

“不，这不是空头希望，”波比说，“我知道您一定能做到。在我决定写信给您时，就知道您一定能做到。这不是空头希望，对吧？"

"对，"他说，"不是空头希望，否则我就不会告诉你了，我想你值得我告诉你这件事是有希望的。"

"您不相信爸爸会做这种事，对吧？告诉我您不相信他会那么做。"

"好孩子，"他说，"我相信他没有那么做。"

就算这是个空头希望，他的话也同样光芒四射，温暖着波比的心，在接下来的日子里照耀着她的小脸蛋。这看起来就像是一个里面点着蜡烛的日本灯笼。

第十四章　故事的结局

自从老先生过来看了他的孙子后，"三个烟囱"的生活就大不一样了。孩子们虽然知道老先生的名字，可从来不用他的名字称呼他，至少在他们之间是这样的。在他们看来，他始终是老先生，而在我们看来，他还是老先生比较好。就算我告诉你们他叫斯诺克或是詹金斯（这并不是他的名字），你们也不会感到真实。再说，必须允许我保守一个秘密，就这么一个。除了要在最后一章要告诉你们的，我已经把所有的事情都说出来了。当然也不是所有的事情都告诉了你们，如果那样的话，这本书就永远没个完了，那可就糟糕了，对不对？

正像我刚才说的，"三个烟囱"的生活大不一样了。厨师和保姆都很好（我不介意告诉你们他俩的名字，一个叫克拉克，一个叫埃塞温尔），不过他们对妈妈说维尼夫人可以不用过来帮忙了，因为她手脚不利索。于是维尼夫人一周只来两天，洗洗熨熨衣服而已。接着克拉克和埃塞温尔又说他们可以把家务做好，其实就是不需要其他人插手了，说得再明白点就是不需要孩子们再沏茶、张罗、洗茶具，也不用孩子们打扫房间了。

这样一来他们感觉到生活很空虚，虽然他们常常装出一副不爱做家务的样子。不过对于妈妈来说，她现在既不用写作也不用做家务，所以有时间给孩子们上些必修课了。孩子们必须上这些课。不管教你功课的人有多好，功课就是功课，全世界的功课都一样无趣，比削土豆或生火更无趣。

从另一方面说，妈妈既然有时间给孩子们上课，也就有时间陪他们做游戏了，并且还能像以前一样给孩子们写小诗。自从来到"三个烟囱"，她已经没时间写小诗了。

课堂上有这么一种奇怪的现象，不管在上什么课，孩子们的心里总会想着另一门课。彼得上拉丁文课时，却想和波比一样上历史课，而波比宁愿上菲利斯正在上的算术课，可菲利斯却觉得上拉丁文课是最有趣的。

于是一天当他们坐下来准备上课时，每个人都发现自己的座位上有一首小诗。我把这些小诗抄下来，是想让你们看看这位妈妈是多么体谅自己孩子的感受，又是多么懂得他们的用语，很少有大人能这样。我想许多大人肯定早就把自己小时候内心的想法忘记了。当然这些小诗都是用孩子的口吻写的。

彼得

我曾经以为凯撒很容易懂，
现在想来自己真是太傻了，
凯撒竟然占了整整一章节，
恐怕他也不知道是什么名堂。
动词这东西实在是乏味得很。
我更情愿学些国王们的年份。

波比

我上的课实在太糟糕，
在所有的国王女王中，
何时谁继承了谁的王位，
我都必须记得一清二楚。

不管做什么事都有年份，

年份把我弄得头昏脑涨。

我觉得还是学算术更好。

菲利斯

我的石板上写满了苹果的磅数，

现在要问你苹果的单价是多少，

你在这些数字上胡写乱画一番，

接着你对着被除数哇哇地大哭。

如果能像那些男孩子一样学拉丁文，

我就会打碎这块石板大声欢呼起来。

这些小诗当然让课堂更加有趣了。通过这些小诗，可以明白：老师知道你在学习时不是一学就会的，有些知识你开始不懂不是因为你笨，而是你必须学到最后才会明白。

后来吉姆的腿好点了，孩子们经常上楼陪他，听他讲些学校生活和他的同学，这让他们感到很快乐。他有一个同学叫帕尔，吉姆似乎对他印象不好；另外一个同学叫小威格斯比，吉姆十分尊重他的看法；还有佩利三兄弟，其中最小的叫佩利·特次，总喜欢打架。

彼得听得津津有味，妈妈似乎也非常感兴趣，一天她递给吉姆一首小诗，写的是帕尔，同时巧妙地带进了佩利和威格斯比的名字，并且写出了吉姆讨厌帕尔的原因和威格斯比的智慧。以前从没有过一首诗是专门为他写的，于是他把这首诗铭记在心，然后把它寄给了威格斯比。威格斯比和他一样非常喜欢它，也许你们同样会喜欢。

新同学

他名叫帕尔，

他说他的茶点是牛奶和面包，

他说他的爸爸打死了一头熊，

他说他的妈妈给他剪了头发。

他下雨时穿长筒套靴，

他的家人叫他小宝贝，

他不知道什么是丢脸，

他告诉同伴他的教名。

他不能当三柱门的防守员，

他看到板球会怕得不得了，

他被关在家里不停地读书，

他把讨厌的花卉名背熟了。

> 他的法语真是糟透了，
>
> 他却还自以为了不起，
>
> 他在望风时逃之夭夭，
>
> 他说来学校为了学习。
>
> 他不踢足球是怕受伤，
>
> 他也不会和特次较量，
>
> 他就连口哨也不会吹，
>
> 他受我们嘲笑时流泪。
>
> 于是威格斯比说，
>
> 他就像是一个新来的同学，
>
> 不过在我第一次来学校时，
>
> 可不像他一样是个傻小子。

吉姆不明白妈妈怎么会如此聪明，能够写出这么有趣的小诗。三个孩子觉得妈妈写的小诗确实很好，但他们已经习以为常了。他们已经习惯了有这么一个妈妈，能够像人们讲话那样写诗，而且在结尾处还能写出吉姆本人的感叹。

吉姆教彼得下象棋和围棋，还教他玩多米诺骨牌，他们的生活非常恬静愉快。

吉姆的腿一天天好了起来，此时波比、彼得和菲利斯三个人产生了同感：他们必须做点什么让吉姆更加高兴，不只是玩游戏，而是要做一件真正像样的事。但要想出这件事可真是够难的。

"没用的，"在他们冥思苦想后，感觉到头昏脑涨时，彼得说道，"如果咱们想这么久还想不出来什么让他高兴的办法，那就说明没有办法了，也许哪天会自然而然地发生什么让他高兴的事呢。"

"有些时候事情会自然而然地发生，不需要想什么办法。"菲利斯说，那口气似乎世界上所有的事都是她想办法解决的。

"我希望有什么事发生，"波比充满幻想说，"希望发生一些好事。"

就在她说出这话四天之后，确实有一件好事发生了。我真想说是三天之后，因为童话故事里都是这么说的。但这不是童话故事，它确实是四天后发生的而不是三天，我必须说实话。

这段日子里，他们很难称得上是铁路边的孩子了，时间一天天地过去了，但他们三个人对此感到非常不安，直到有一天菲利斯说出了这种感觉。

"不知道铁路是不是想咱们了，"菲利斯非常坦率地说，"咱们一直都没有去看它。"

"咱们是有点没良心了，"波比说，"没有人陪咱们玩时，咱们是那么喜欢它。"

"帕克斯一直上山来探望吉姆，"彼得说，"他告诉我说信号室那个小伙计的病已经痊愈了。"

"我说的不是人，"菲利斯解释道，"我指的就是可爱的铁路。"

"有一件事我感到很难过，"这个第四天也就是星期二，波比说，"咱们没有去向九点十五分的火车招手，传递咱们对爸爸的爱。"

"那咱们重新开始吧。"菲利斯说，接着他们就这么做了。

现在家里有人帮忙做家务，妈妈也不再写作了，自从家里发生了这些变化后，那个早晨——当初他们一早起床，烧坏了水壶，接着早饭吃了苹果馅饼，然后第一次去看了铁路——那个奇怪的早晨似乎离他们已经很遥远了。

现在是九月，通向铁路的斜坡上草儿又干又脆，长长的草穗立在那像金丝，脆弱的蓝色风信子在它们倾斜的粗茎上晃动。野蔷薇盛开着，它们打开了丁香色的圆盘，圣约翰草的金星在通往铁路的那个湖边闪耀。波比采了一大把鲜花，心想如果把这些鲜花放到盖着吉姆腿的红绿毯子上，那该多漂亮呀。

"快点，"彼得说，"不然咱们就会错过九点十五的火车。"

　　"可我已经不能再快了，"菲利斯说，"该死，我的鞋带又开了。"

　　"在你结婚那天，"彼得说，"走上教堂的通道时，你的鞋带没准也要开。到时你要嫁的那个人会踩在你的鞋带上，然后摔个大跟头，鼻子碰在花纹路上撞个粉碎。这么一来你就不要嫁给他了，自己便成了老姑娘。"

　　"我才不会那样，"菲利斯说，"即使我嫁的人鼻子粉碎，我也不会不结婚。"

　　"不过嫁给一个鼻子粉碎的人，也挺可怕的，"波比接着说道，"他会闻不出婚礼的花香，那就太糟糕了。"

　　"快别说婚礼的花香了，"彼得叫道，"看，信号灯放下了，咱们必须赶紧跑过去。"

　　他们跑了起来，可这次他们同样没有时间好好看看自己的手帕是不是干净，接着他们掏出手帕开始使劲挥手。

　　"请把我们的爱带给爸爸。"波比大叫道。彼得和菲利斯也开始大叫："请把我们的爱带给爸爸。"

　　老先生从头等车伸出手向他们挥了起来，他使劲地挥手，这并不奇怪，因为他平时就是这样。真正奇怪的是：车厢的每个窗户都有手帕、报纸和手在使劲挥动。火车隆隆地驶过，下面的小石子活蹦乱跳起来。孩子们站在那里你看看我，我看看你。

"这个！"彼得说。

"这个！"波比说。

"这个！"菲利斯说。

"这到底是怎么回事？"彼得问道，但是他并不指望有回答。

"不知道，"波比说，"可能是老先生告诉车上的人向咱们挥手的，他可能觉得这样咱们会高兴。"

真是奇怪，居然发生这样的事。老先生——这个被车站人熟知和尊敬的人，一大早就来到了这儿，他在入口处等着，那儿有一个年轻人，手里拿着一个有趣的轧票机。老先生给每个进站的旅客都说了句什么，旅客们听了老先生的话后都点了点头，当然这简单动作的背后充满了旅客的惊讶、兴趣、怀疑、快乐和赞同。旅客们来到站台后，每个人都看着同一份报纸的同一个部分，等旅客上车后，就会把老先生的话告诉已经在车上的人，他们也要看报纸的这部分，当然开始他们非常震惊，但后来却非常高兴。接着火车开过孩子们所在的栅栏时，手帕、报纸和手就一个劲地不断挥动，直到火车的这一边全部飘着一片白，就像英王加冕的电影上那样。孩子们一直觉得火车就是个活物，今天它终于回应了他们对它长期以来的喜爱。

"这事可真够怪的。"彼得说。

"真是天大的怪事。"菲利斯接着说。

波比却说："你们不觉得老先生今天的挥手有更大的意义吗？"

"不觉得。"他们说。

"但我是这么认为，"波比说，"我想他试图在通过报纸向咱们传达着什么。"

"是什么呢？"彼得问道，可他觉得并没有什么特殊的意义。

"我也不知道，"波比说，"不过真是有趣极了，我有预感有什么事要发生了。"

"会发生什么呀？"彼得说，"难道是菲利斯的长筒袜要掉下来了？"

这话说得真是太对了。由于挥手挥得太起劲，菲利斯的吊袜带绷开了。波比用手帕帮她救了急。接着他们就回家了。

这一天的功课对波比来说特别难，她确实有点丢脸了，连四十八磅肉和三十六磅面包分给一百四四个饥饿的孩子这么一道简单的数学题都不会，妈妈看着她很是着急。

"你难道不舒服吗，宝贝？"妈妈问道。

"不知道，"波比的回答超出了妈妈的预料，"我说不出自己现在什么感觉，我不是在偷懒，今天能不上课吗，妈妈，我想一个人等一会儿。"

"好吧，那就放你一马，"妈妈说，"但是……"

波比的石板掉了下来，正好在画圆时很有用的那个小绿点那儿裂开了，这块石板再也回不到原来的样子了。波比连石板也没捡起来就跑出去了。妈妈在门厅那儿追上了她，看见她正在雨衣和雨伞间胡乱摸索着自己的帽子。

"你怎么了，孩子？"妈妈说，"难道你生病了吗？"

"我不知道，"波比有点喘不过气，"不过我想一个人待着，看看我是不是真的傻了，身体里面是不是乱了套了。"

"你躺下来会不会好点？"妈妈说着把她前额的头发捋到了后面。

"我想在花园里走走会好点。"波比说。

可她在花园里也待不住了，因为向日葵、紫菀还有晚开的玫瑰，好像都在等着什么事发生。这是一个安静明媚的秋日，所有的东西好像都在等待着。

但波比等不下去了。

"我到车站去了，"她说，"和帕克斯说说话，顺路问问信号室的小伙计是不是好了。"

于是她下了山，路上她碰到了邮局的老太太，她对波比又亲又抱，使波比奇怪的是她一个劲地说："上帝保佑你……"停了一会儿，接着说："快跑着去吧。"

布店的男孩有时候很不礼貌，还很傲慢，但这次却用手碰了碰鸭舌帽说："早上好，小姐，我敢说……"

铁匠拿着打开的报纸一路走来，可他更奇怪了。他咧嘴笑了起来，不过往常他可是从来不笑的，在离波比很远的地方就开始挥动手中的报纸了。他经过波比身边时回应了波比的问候，他说："早上好，小姐，祝你快乐。"

"哦！"波比心想，她的心砰砰直跳，"我知道有什么事要发生了，因为大家都怪怪的，就像是在梦里。"

站长热切地和她握了手，事实上他更像是在摇晃抽水机的手柄，一上一下的。可他并没有解释为什么会和波比进行这么少有的热情握手。他只是说："小姐，十一点五十四分的火车晚点了，这是节假日加开的行李车。"说完迅速回到了他的"圣庙"里，波比也不敢跟进去。

没有找到帕克斯，波比只好孤零零地和车站的猫一起站在站台上。这位玳瑁色的猫太太一向不喜欢接近人，今天却走过来开始在波比棕色的长筒袜上蹭，它弓起背，摇着尾巴，发出咕噜的叫声。

"天呀！"波比弯下腰抚摸它，"今天大家都这么和气，怎么连你也变得这么温柔了，猫太太。"

直到十一点五十四分的火车鸣汽笛，帕克斯才出现，和大家一样，他的手里也拿了一份报纸。

"你好，小姐，"他说，"你来了，如果是这辆火车就太好了！上帝保佑你，好孩子。我看了报纸，从我生下来那天就没有这么高兴过。"他看着波比一会儿，接着说："我必须亲你一下，小姐，我知道在这样一个日子里你是不会生气的。"说着就在波比的两个脸颊上分别亲了一下。

"你不生气，对吧？"他担心地问，"我会不会太冒昧了，不过在这样的日子里，你知道……"

"不，我不生气，"波比说，"这当然不是冒犯了，亲爱的帕克斯先生。我们爱您就像我们的亲叔叔一样，不过今天是什么日子呀？"

"什么日子！"帕克斯说，"我不是告诉你是在报上看到的吗？"

"在报上看到了什么呀？"波比问道，可这时十一点五十四分的火车进站了，站长正在找帕克斯，找遍了所有他应该在的地方却都没有找到。

此时只剩下波比一个人了，车站的那只猫在长凳下用友善的金色眼睛看着她。

当然你早就知道会发生什么事了，但波比可没这么聪明。她感觉自己像是在梦里，因为只有在梦里才会有模糊、混乱和期待的感觉。我说不出她的心里在期待什么——也许是那件你们和我都知道将要发生的事——但此时她的心里什么都没有期待，几乎是空的，只感到自己疲倦、麻木和空虚，就像是你们走了很长的一段路却忘了吃早晚饭似的。

只有三个人从十一点五十四分的火车上下来，第一位是个农妇，拿着两篮小鸡，它们迫切地把黄褐色的小脑袋钻出了柳条；第二位是佩奇特小姐，她是杂货商妻子的表妹，拿着一个铁罐和三个牛皮纸包；第三个——

"啊！爸爸，我的爸爸！"这尖叫声就像是一把刀刺进了所有人的心里。大家从车窗探出头来，看见一个脸色苍白的大个子抿着嘴唇，一个小姑娘正把手和脚攀挂在他身上，而他紧紧地抱住了她。

"我就知道会发生一件了不起的事。"波比一路边走边说，"不过我不知道会是这件事，爸爸，我的好爸爸！"

"这么说你妈妈没有收到我的信了？"爸爸问道。

"今天早上没收到一封信，哦！爸爸，这真的是你吗？"

她紧握着这只早已忘记的手，确信这就是爸爸的。

"你得一个人先进去，波比，轻轻地告诉妈妈一切都好，做坏事的人已经被抓到了，大家都知道这件事不是我干的了。"

"我一直都相信那不是你干的。"波比说，"我、妈妈还有老先生都相信不是你干的。"

"对，"他说，"全是那个人干的。妈妈写信告诉我你已经知道了。她还告诉我你是怎么照顾她的。我的宝贝女儿。"他们停下了一会儿。

现在我看到他们两个穿过了田野，波比走进屋子，努力地找到了合适的话来轻轻地告诉妈妈：苦难、挣扎和分离一去不复返了，爸爸回来了。

我看到爸爸走进花园，在那里等着，等着。他看着花，因为在刚刚过去的日子里，春天和夏天他只能看到石子路、石板和一些零星的碎草，现在每朵花对他来说都是奇迹。他也不时向屋子看看。现在他离开花园，站在了最近的那扇门外。这是后门，燕子在院子上空飞旋而过，它们已经准备好离开凛冽的寒风和刺骨的冰霜，飞到一个温柔的地方。鸟巢就是孩子们为这些燕子做的。

现在门开了，接着波比的声音传了出来："进来，爸爸，快进来！"

　　他进去后门就关上了。我想咱们还是不要打开门跟着他进去了。这时他们可能并不希望咱们在那里，咱们最好还是赶紧悄悄地走开。走到田野的尽头，在金色的草穗、风信子、野葡萄和圣约翰草之间，咱们可以回头看那座白色房子最后一眼，无论是我们还是任何人，它都不再需要了。